色街アワー

著　渡辺大輔
原作　角田弘子

スコップ出版

目次

本書中には、現在の人権擁護の見地に照らして不当・不適切とされる語句や表現があります。それらの一つ一つおよび、色街という存在の是非については、読んでくださった皆様と共に考えていくことができればと存じております。

第1幕　愛燦燦《あいさんさん》

ままごとをすると「わたしは枕でもいいわ」とか「玉代《ぎょくだい》をもらいに参じてきます」なんてやりとりが子ども同士であるの。わたしももう80歳を過ぎたから、ずっと前の話だけどね。

玉代っていうのは芸者を揚げて遊ぶ料金ね。お客さんは旅館に支払うから、後で芸者置屋《おきや》の下女さんが受け取りに行く。それをまねしてるわけ。

「枕」の意味は、その時にはわからなかった。芸者の中には三味線も踊りもいまいちっていう姐さんが居て、街ではその人のことを「あの人は枕一本だから」ってうわさしてるのよ。それが子どもの耳にも入ってくるものだから、言葉だけは覚えてたの。

戦後の赤湯は、真ん中の狭い区画が温泉街で、旅館は20軒以上、置屋はその半分くらいあったかな。それを囲むように商店や役場、その外側に田畑が広がって農家が住んでるっていう所だった。わたしが生まれたのは温泉街、旅館だとか置屋だとかがぎゅうぎゅうにひしめく中なの。

そこで暮らす大人たちに「弘子ちゃん」ってかわいがられて、友達には旅館や置屋の子が居て。そういった環境だから、ままごとで「枕」とか「玉代」とかが飛び交うのを変わってるだなんて思ったこともなくてね。外の人から差別というか、見下されてると知ったのは高校に入ってから。

赤湯の人間だからってだけで、さんざんひどい目に遭ったよ。一つ間違えたら死んでたかもしれない。そんな時に、将来の夢というものが現れたの。

それまではね、わたしの身の振り方はお母さんが決めると思ってた。そうなるように育ったの。だから「もうすぐ芸者として売られるんだろうな」って。

でも自分が望んだ道に進んでみたい。憧れの世界に飛び込んでみたい。その気持ちが抑えられなくなった。

ただ、お母さんは障害を抱えてるでしょう。ちょっと買い物に行くのさえ、わたしが手を取って歩かなきゃ危ないいんだから。離れて暮らすなんて、絶対に許してくれない。わたしが出ていったら一人きりになってしまうんだもの。

わたしだってお母さんを悲しませたくはないよ。病気でつらいのは本人だってわかってる。だから、せめて自分のことでは苦しませないようにずっと気を付けてきた。いつも顔色をうかがいながら、反抗らしい反抗もしないで。

だけどその日ね、わたし初めてお母さんを泣かせちゃったの。


（取材手帳より）

＊

彼は生まれながらに親から憎まれていた。母の過《あやま》ちによってできた子だからだ。

そもそも両親は山形県赤湯町で農家を営んでおり、すでに2人の幼い息子を養っていた。明治から大正へと移り変わったころだ。苦しい生活だったのだろう。ある日、父は仕事を求めて独り家を出た。だがしばらく経っても出稼ぎ先からの便りはない。金が送られてくるわけでもない。不安と貧しさとにおびえる暮らしが続いた。

この時、母は隣県の福島からやって来たある人と出会った。建設会社の社長で、工事のため赤湯に滞在していた男だ。母はもともと大地主の娘で、豊かさに囲まれて育ってきた人だ。そんな母にとって、財力を持つ男の存在は闇に差した光だったのだろう。恋に似たものを感じた瞬間もなくはない。だが心から求めたのは男の金だった。

妊娠がわかり、再び目の前が暗くなった。夫に知られてはいけない。家の2階から何度も飛び降りてみるが、新しい命は膨らんだ腹をぽこぽこと蹴る。川に浮かぶ薄氷を割って、乳房の下まで身を沈めた。凍えながら一心に願う。

――堕ちろ。

彼が角田《かくた》家で産声を上げたのは、大正5年の春だった。「勇吉《ゆうきち》」と名付けられたが、戸籍に血のつながった男の名は記載されていない。母が出稼ぎ中の夫との「三男」として届けを出したからだ。勇吉の柔らかい肌を抱きながら母は、わずかな愛しさも感じられずにいたという。

間もなく、赤湯での仕事を終えた男は福島へ戻ることになった。

「この子がいつか実の父親を求めたときには、必ず会って相談に乗る」

3歳までの養育費にと、男は大金を置いていった。それを包む袱紗《ふくさ》には二重丸に抱き茗荷《みょうが》の家紋が入っている。母の手には男の住所が記された紙も残された。

父が帰ってきたのは、家を出てから2年ほど経ったころだった。長い出稼ぎからようやく戻ると、見知らぬ男の種から生まれた赤ん坊が泣いている。激高し妻をなじった。だが自分の両親から「連絡や送金を怠ったお前も悪い」と諭される。父は出生のいきさつを勇吉にも他の息子たちにも隠すと決め、母も男を訪ねようとせず、家族は何とか形を保った。

勇吉は、成長するにつれ実父に似ていった。目鼻の形はもちろん、神童と呼ばれるほどの頭脳も男の血ゆえだろう。尋常小学校に入れば誰より秀でた。だが両親にとってそれは、かつての忌まわしい出来事を思い出させるだけだったようだ。家での勇吉は母からかわいがられることなく、父からは半ば居ないものとされた。

なぜ自分だけがそう扱われるのかわからない。そう戸惑う様子を見ていた彼の祖母は、頭の回る勇吉ならいずれ理由を察すると考えたらしい。それなら早いうちにということだろう。ある日、勇吉は祖母に呼ばれ「母と福島から来た男との間にできた子だ」と告げられた。

それからの勇吉はいっそう孝行を尽くした。兄たちが遊んでいる間も農作業の手伝いに励み、勉学にいそしむ。

――たとえ要らない子でも、役に立てば認めてくれるはずだ。

ついに彼は、小学校の卒業式で総代を務めることになった。

そんな勇吉を、父は他の農家へやろうと計画していた。住み込みで働かせ、賃金を家計の足しにするつもりらしい。学校でどれだけ優れた成績を収めようと、勇吉はあくまで他人の子だった。

だが、話を聞いた母方の伯母が勇吉に手を差し伸べてくれた。伯母は福島県で大きなガラス工場を経営する家に嫁いでいたので、経済的に余裕がある。勇吉を農家へ奉公させるのはもったいないと夫に相談し、引き取ると決めたそうだ。

勇吉は両親の元を離れ、福島で暮らし始めた。学力の高さは相変わらずで、中学校でも首席を守り、やはり総代を任される。伯父夫婦の間には男の子が居なかったので、勇吉を娘と結婚させて工場を継がせようと考えたらしい。そういった目的もあり、勇吉は福島高等商業学校へと進んだ。

温かい家族に囲まれ、勇吉の人生にもようやく順風が吹きだした。その時、赤湯から知らせが届く。実家が全焼したという。

彼女は生まれながらに華やかさを知っていた。命を与えられた街にそれが備わっていたからだ。赤湯町は鏡のように空を映す水田や白竜湖、山の斜面に広がるぶどう畑など、美しい景観を有する。だがその中心は何といっても温泉だ。

そもそも「赤湯」の名は平安時代、手負いの武士が温泉で傷を洗ったところ、湯が赤く染まったことに由来すると言われている。傷はたちどころに治ったので評判が広まり、各地から客を呼び始めたという。

人口の少ない東北地方は放牧に適しているとされ、軍馬や農耕馬の産地として知られていた。だが山形は牧馬に力を入れなかったため、需要の多くをよその地に頼らざるを得なかったそうだ。江戸時代、馬の売買を行う市《いち》が赤湯に開かれた。馬を求める人々や仲介人が出入りし、街はさらに活気を帯びてゆく。彼らを赤湯に誘ったのは「鍋《なべ》」と呼ばれる女たちの力も大きかった。

鍋とはつまり遊女だ。赤湯を訪れた男たちは、夜になれば料理と酒と遊女とを並べた宴で享楽に溺れた。町内を流れる吉野川に渡された「花台橋《かだいばし》」は、道楽男と遊女とが朝の別れを惜しんだ場所だと言われている。

だがしばらくして、乱れた風紀を正そうと動く藩によって、鍋の一掃を命じられた。赤湯はたちまち火が消えたようにさびれてゆく。それを再び燃え盛らせたのは、からんころんと下駄を鳴らし、お座敷へ向かう温泉芸者たちだった。

明治時代にこの地を訪れた英国の探検家イザベラ・バードは、視界いっぱいに広がる田園風景を「アルカディア《理想郷》」と絶賛しながらも、温泉旅館から響く芸者の三味線や、酔客が発する声のけたたましさに耐えられず、宿泊を断念している。大正12年には街からやや北に遊郭が置かれ、訪れる人々を歓楽に浸たした。

彼女が温泉街の一角で産声を上げたのは、その翌年だった。両親にとっては7人目、真っ白なもち肌の末娘で「禮子《れいこ》」の名を与えられる。家業である繭《まゆ》の中次《なかつぎ》問屋は繁盛しており、母や姉たちはいつも美しい絹の着物に身を包んでいた。

父は毎日、子どもたちのにぎやかな笑い声を聞きながら仕事に取り掛かった。大八車や荷馬車に商品を山のように積み、番頭や小僧を伴って停車場まで２キロメートルほどの道のりを行く。そしてまた店に戻って品物を積むという作業を何度も繰り返し、裕福な家庭を守っていた。

そんな父の元で、禮子は幼くして豊かさの味を覚えた。だが全てが満たされていたわけではない。彼女は生まれつき目を患っていた。右は視界の中央が欠け、左はまぶたが下がったまま持ち上がらない。常に誰かの助けが要る上に、片目を閉じた表情はいびつだ。禮子は鏡に顔を近づけ、そこに映る姿と姉たちの美貌とを比べては、どうして自分だけがと嘆いた。

やがて、兄の視力にも異変が起こった。少しずつ見えづらくなっているという。７人の子どもの中で唯一の男だった兄は、これまで跡取りとしてひときわ大切にされてきた。慌てた両親は兄を連れ、いくつも病院を回る。以前かかった「はしか」の後遺症だとわかった。

――いずれ全盲になる可能性が高い。

その診断は幸せな家族を一瞬で打ちのめした。

視力を失っても自立できるようにと、父は取引先の知人を介して按摩《あんま》や鍼灸《しんきゅう》を習う学校に通わせる手続きを済ませた。兄の栃木行きが決まる。だがその直後、父が倒れた。

脳の血管が破れたらしい。その事件はすぐ、父の実家にも知らされた。

山形県の「山辺《やまのべ》」という町に父の実家はある。かつて山形城に仕えた武士の家系で、明治になると絹問屋として栄えた。そこの三男である父が分家して、赤湯に店を構えたというわけだ。

吹雪の中を駆け付けてきた祖父母は「実家で看病をする」と皆に告げた。外では家族の離散を促すように風が激しくうなっている。

「生活の心配はしないでよか」

祖父母は禮子たち孫を一人ずつ抱き上げ、名前を呼び励ましながら、ぬれた頬を擦り付けた。

やがて父はハイヤーに乗せられ、積雪で細まった道をかき分けるように去っていった。見送る家族の顔や肩に白いものがくっついては、体温を奪ってゆく。だが誰も払い落とそうとせず、涙を流しながらハイヤーの後ろ姿に目を凝らしていた。

家は主人と跡継ぎとを失った。途端にその広さが際立ち、静寂が禮子たちを戦慄させる。ただし暮らしは祖父母が約束通り支えてくれた。山辺で指折りの豪商と評された父の実家だ。よほどの金持ちでないと呼べないハイヤーを、40キロメートル離れた赤湯との往復に使う財力があるのだから、仕送りなどわけなかったのだろう。不自由を寄せ付けぬほどの金や品物を定期的に貨物列車で届けてくれた。

だが豊かさは、病を退けることまではできなかった。2番目の姉が肺炎で死んだ。もはや商売どころではない。母は番頭にも小僧にも暇を出した。

次に不幸は、人の形をして戸をたたいた。

やって来た男は取り立て屋だった。父が連帯保証人になっていた取引先が倒産したという。

あっという間に家も土地も奪われた。母は残ったわずかな金で小さな住まいを買う。山辺の祖父母が「子どもたちのうち2人を引き取ろうか」と気遣ってくれたが、誰も母から離れたがらなかった。

母は疲弊していたのだろう。末娘の禮子は生まれながら目に病を抱え、いずれ店を任せるはずだった長男も視力を奪われてゆく。次女を亡くして生業《なりわい》を失い、狭い家で雨風をしのぎながら夫の帰りを待つ毎日だ。そんな母を盗み見ていたかのように、ある男が訪ねてきた。冬の気配がまだ残る夜だった。

「何か、研ぎのご用はありませんか」

男は「昭男《あきお》」といった。隣県の新潟で刃物の研師《とぎし》をしていたが、妻に先立たれたのをきっかけに、どこか温泉街で暮らしたいと3人の子どもを連れ家を出たのだという。行く先々で仕事を求めながら、赤湯に流れ着いたそうだ。

「どこか安く泊まれる所はありませんかね」

今夜の宿がまだ決まっていないらしい。昭男たちの背後からは、お座敷へと歩く芸者の下駄の音が響いてくる。

「こんな時間じゃ、どこも空いてねべ」

子どもたちが寒空の下をさまよう姿を想像してか、母は彼らを中へと招き入れた。

禮子が2歳になった時、母は昭男との子を産んだ。父がまだ病と闘っているさなかだった。初めに訪ねてきた夜から、昭男たちはずっと住み着いている。翌年、もう1人が生まれた。どちらも戸籍上は父と母との子になっていた。

元号が改まってしばらく経った昭和3年、とうとう父が亡くなった。山辺の実家で通夜が営まれる。母はそこで初めて祖父母に不倫の子の存在を打ち明けた。

祖父母は怒り狂った。武士の家柄にあるまじきことと絶縁を宣告され、即刻、生活の支援は打ち切りとなる。

母は頼りが欲しかったのだろう。やがて昭男を内縁の夫とした。

それからの昭男は大して働くでもなく、母の収入を当てにして暮らした。禮子が歌が上手だと知ると、新潟の「瞽女《ごぜ》」として稼がせようと画策もしたらしい。瞽女とは、盲目の旅芸人だ。各地を回って三味線や歌を披露し、時にはやむなく売春を行うこともあるという。それについては、昭男の腹積もりを知った母が激怒して取りやめさせたそうだ。同情から始まった関係には、明らかな亀裂が入っていた。

転落してゆく禮子たちにとって、栃木へ移った兄が全盲にならずに済んだことは救いだった。新聞も雑誌も、目を近づければ読める程度の視力は残ったそうだ。兄は按摩・鍼灸の学校を卒業すると、そこの講師として働き始める。一番上の姉は弁護士と結婚し、他の姉たちも住み込みの仕事を見つけてそれぞれ自立していった。

禮子の小学校入学が近づいてきたころ、兄に縁談が持ち上がった。勤め先の学校長の紹介だそうだ。あいさつも兼ねて母が栃木へ出向いた。相手と顔を合わせた母は、彼女の気立ての良さに安心し、また兄が学生たちから「先生、先生」と慕われている様子に感激したという。

「1人育てるのも、2人育てるのも同じだから」

そんな内容の手紙が兄から送られてきたのは、明くる年だった。

禮子を引き取ろうということらしい。昭男への不満を母から聞いていた兄は、肩の荷を少しでも軽くしようと考えたそうだ。兄の家庭にはすでに初めての子が生まれていたが、妻の賛成を得て提案してきたという。

母は悩んだ。死んだ夫との子はあらかた巣立って、そばで暮らしているのは禮子だけだ。別々になりたくはない。だが、その禮子と昭男の連れ子たち、さらに彼との子が入り交じった生活はあまりに関係が複雑で、気遣いから消耗し切っているのも事実だった。

間もなく5歳の禮子は、母に手を取られ赤湯駅へやって来た。独り汽車に乗り込み、乗降場に残る母と窓越しに別れを交わす。景色が横に流れ始めた時、母は「許して」と泣いた。やがて禮子の欠けた視界の隅で、駅はぼんやりとした点になった。


栃木に移った禮子は、兄の思いやりを受けて育てられた。兄妹であることはもちろんだが、視力に難を抱える者同士としてのいたわりもあったのかもしれない。時を経て禮子は兄の勤める学校で手伝いを始める。生徒のほとんどは寮住まいなので、彼らのために炊事や洗濯をするのが主な仕事だ。その熱心な働きぶりは、学校長にも認められていたらしい。

一方で兄は、かつて自分が書いた手紙をずっと気に病んでいた。負担を減らすためとはいえ、幼い禮子を母から引き離してよかったのだろうか。程なく、そんな後悔を膨らませる悲しい知らせが届いた。

弁護士と結婚して不自由なく暮らしていた一番上の姉が、急性白血病にかかり28歳で死んだという。兄は家族の訃報に打ちひしがれ、やはり母の胸中を思った。

葛藤や苦しみをかき分けつつ、兄妹は手を取り前へと進む。それは禮子が成人するまで続いた。

ある日、兄は職場で学校長から呼び出しを受けた。

「禮子ちゃんをうちにくれないか」

学校長夫婦の間には子がなく、次の経営者探しに悩んでいるらしい。そこで禮子を養女に迎えて、婿を取らせたいという。

兄の持ち帰ってきた話に禮子は応じた。その日に備えて按摩の腕を磨き、独り立ちできるようになるまで成長する。だが見計らったように、ある人が禮子を訪ねてきた。

彼とは互いの母が姉妹で「いとこ」の関係だった。幼いころから「お兄ちゃん」と呼ぶ仲なので、彼の出生が非難を受けるものであったことも、福島の親戚に預けられ優等生として育っていったことも、実家が火事で全焼したことも知っていた。

久しぶりに会う勇吉は、昔の通り利口で思慮深い人間だ。話を聞くと、実家が燃えた時には誰かの放火ではないかと細かく調べが入ったらしい。結果として漏電だと判明はしたものの、家がなくなったのに変わりはない。建て直しにはすぐ人手が要ると、勇吉は親から赤湯に呼び戻された。学校は中退することになったそうだ。

金を稼いでこいと製糸工場へ働きに出された。給料をもらって親に渡してを何度か繰り返したが、こんな額では間借りの生活がいつまで続くかわからない。早く家を再建するにはと、勇吉は自ら神奈川県の日本鋼管《にっぽんこうかん》に職を見つけ、再び赤湯を離れたという。

だがしばらくして、また親から呼び付けられた。父は自分の姉から、宮城県七ヶ宿《しちかしゅく》の名家との縁談について相談されていたらしい。顔を立ててくれと言われ勇吉は日本鋼管を退職し、婿に入る。始まったのは、奔放な妻に振り回される暮らしだった。

妻は早くに姉たちを亡くしたらしい。だから甘やかされて育ったのだろう。普段からわがままな言動で勇吉を困らせ、ふと「ちょっと出掛けてくる」と留守にしたかと思うと、行き先ははるか東京なので数日帰ってこない。勇吉が耐えられたのはわずかの間だった。

別れを切り出した勇吉を、相手の両親は必死に引き留めてきたという。山も田畑も明日には全て名義を勇吉に変えてやると言われたが、何も要らないから体だけ返してくれと応じない。諦めない彼らに頭を下げ続け、何とか受け入れてもらえたのは結婚から半年ほど過ぎたころだったそうだ。

七ヶ宿を後にした勇吉は、赤湯に立ち寄る。そこで禮子の母と久しぶりに話をしたという。

「あの子も、目さえ悪くなければな」

離れて暮らす娘に心痛める姿を胸に残して、勇吉は赤湯を発った。

禮子を訪ねてきたのは神奈川からららしい。今は横須賀造船所で働きながら、実家へ仕送りをしているという。忙しい毎日の中で目の不自由な禮子を何度も思い出し、自分が助けてやらなければという気持ちを次第に強くして、ついには栃木へ足を運んできたそうだ。

一方、禮子も勇吉と話すごとに、懐かしさも手伝い心が揺り動かされる。兄との約束を頭に置きながらも禮子は、彼と一緒になりたいという思いに逆らえなくなっていた。

学校長夫婦にとっては後継者探しが挫折に瀕したわけで、当然ながら強く反対をした。禮子と気持ちを共にしていた勇吉が、ひたすら学校長に許しを乞う。折れたのは学校長の方だった。

昭和16年、禮子は母や兄姉の祝福を受けて勇吉と結ばれることとなった。折しも戦争が激しさを増してきたころだ。勇吉の職場である横須賀造船所は銃弾の製造割合が増え、船を造るときほどの人手が要らなくなったため、半年交代の勤務に切り替わっている。戦況を鑑みて暮らしの拠点を移した方がいいと判断した夫婦は、都市部から離れた温泉街に真っさらな借家を見つけ、住まいとした。

そこは山形県赤湯町、二人の生まれ育った土地だった。とはいえ長らく出ていたので、知り合いと呼べる人などほとんど居ない。ささやかな式を挙げ、旅館や芸者置屋のひしめく中で暮らし始める。やがて街に舞う粉雪が、電灯の頼りない明かりで道に影を作った。

勇吉は赤湯駅前の運送会社に職を得て、半年をそこで、もう半年を横須賀での仕事に費やすことになった。赤湯にはトラックを運転できる人間が少なく、免許を持つ勇吉は重宝がられたそうだ。しかし、それ以上に周囲を驚かせたのは彼の英語の能力だった。

横須賀の職場に外国人の上司が居たので、英語の読み書きはもちろん、話すことも求められたからだという。たまに起こる禮子との口げんかでも、勇吉はここぞという時に英語で煙に巻いてきた。赤湯にはまだ日本語の読み書きすらままならない人が多い。その中で、かつての「神童」は再び辺りの評判を集めた。

ある日、農村部から一人の若い男が勇吉を訪ねてきた。交際中の相手が「恋文というものをもらってみたい」と不満をこぼしているのだという。そうしてやりたいが字が書けないので勇吉を頼ってきたそうだ。さらに話を聞いてみると問題は深刻で、向こうの親から「教養のないお前に娘はやれない」と拒まれているらしい。

勇吉はしばし考えてから「じゃあ英語にするかい」と提案した。ばかにしていた男からきちんとした文字どころか英語の手紙が届けば、二度とさげすむことはできないだろう。宛名まで英語では国賊として捕まってしまうので、封筒の表書きには立派な毛筆の漢字を並べて送った。しばらくして若者は恋人を連れて勇吉の元へやって来た。晴れて所帯を持つのを許されたそうだ。その後も彼は、文字を習うために通ってくるようになったという。

楽器の才も備えた勇吉は、休日になるとたまにバイオリンを奏でた。音楽については禮子も秀でたものを持っている。幼いころには昭男から「瞽女にしよう」と企てられたほどだ。その美声は勇吉の弾く流麗なバイオリンと交わり、近所の婦人たちを聴衆に変えた。

争いに曇る空の下、勇吉と禮子はこれまでに刻まれた多くの傷を癒やすように、穏やかな日々を過ごした。

昭和17年7月19日、初めての子が生まれる。女の子だ。二人は彼女に「弘子」の名を与えた。勇吉は生まれながらに憎まれていた。だからかもしれない。かつての自分をなぐさめるかのように、娘を溺愛した。禮子はその姿を頼りない目に映しながら、呆れ笑いをこぼした。

戦局はさらに激化する。幸福を照らす夏の太陽が、徐々にその角度を落としていった。

第2幕　暗夜行路

大人になってから何度も聞かされた話なんだけどね。伯母たちがひどい目に遭わされたって。わたしのお母さんがまだ栃木に居る時、伯母、つまり母のお姉さんたちは、すでに嫁いだり住み込みで仕事をしたりで赤湯を離れていたの。五女のとめ子さんなんてまだ16歳で。早く親に楽をさせてあげたかったんでしょうね。

ある日、とめ子さんと三女の奈穂子《なおこ》さんが実家に呼び出された。当時は電報よ。待っていたのは昭男さんで、東京にいい就職先を見つけたから行ってみないかって持ち掛けてきたんだって。そこには昭男さんの知り合いも同席していて、その人の娘さんと3人でという話だったみたい。

働き口は大手の食品会社で、給料はもちろん高いし女子寮まである。とめ子さんと奈穂子さんは「これならお母さんにたくさん仕送りができる」と喜んだの。

夏の終わりごろって言ってたかな。元は絹問屋の娘だから、よそ行きの薄物で決めて上野へ向かう汽車に乗ったの。とめ子さんは大きくてきれいな目をしていたし、奈穂子さんは「映画女優も顔負け」ってうわさされてたらしいから、それは絵になったでしょうね。

昭男さんの知人の娘は「敏子《としこ》さん」といって、この人も一緒に乗った。それから、会社との交渉でもめ事が起こらないように、間に入ってくれる男の人も付いてきたんだって。

とめ子さんも奈穂子さんも東京は初めてだから、どんな所なんだろうってそわそわしながら汽車に揺られてた。片や敏子さんはずいぶん落ち着いた様子だったみたい。もうすぐ福島県の白河駅だっていう時、敏子さんが「便所に行く」ってすっと席を立った。仲介役の男は気にするそぶりもなく、さっきから目を閉じてる。そのまま時間が過ぎた。

白河駅で停車すると、ホームの反対には青森行きの列車が止まってた。それをとめ子さんが何となく眺めてたら、次の瞬間ぎょっとするものが目に入ってきたの。便所に行ったはずの敏子さんが、青森行きに乗り込んだんだって。

東京が怖くて逃げたんだろうか。奈穂子姉さんは気付いていない。人違いの可能性もある。動揺を抑えながら、仲介の男に「敏子さん遅いね」って話し掛けてみた。男は「デッキで景色でも見てるんだろう。ほっとけ」なんてそっけない。それで、とめ子さんはここまでの出来事から何かを察したのね。

栃木県の黒磯駅が近づいてきた時、とめ子さんも「便所に」と席を離れて、隠れてちり紙に鉛筆で走り書きをした。奈穂子さんに宛ててね。「次の駅で男に黙って降りる。それまで何食わぬ顔でいて」っていう内容だったみたい。

席に戻ったとめ子さんは「姉ちゃんも用を足してきたら」と促して、ちり紙を手渡した。その瞬間に合わせた目で、奈穂子さんも何かを感じたそうね。

間もなく黒磯駅に停車する。とめ子さんは「姉ちゃん遅いな」って様子を見に行くふりをして立ち上がった。その時に荷物を男へ預けたのは、安心させるためだって。

それでも男は警戒して、とめ子さんから目を離さなかった。奈穂子さんと通路で落ち合って、でも席には戻らずに、男が見える位置で談笑を装った。黒磯駅で扉が開いてもそのまま。男はほっとしたのかたばこを吸い始める。汽車が次の目的地へと動きだしたのをきっかけに、とめ子さんは姉の手を引いて駆けた。

デッキに出て、そのままホームへ転がり落ちた。驚いた駅員が走り寄ってきたって。とめ子さんが見抜いた通り、食品会社への就職というのはうそだった。全部、昭男さんが仕組んでたの。東京の遊郭に売る計画だったんだって。知人も敏子も仲介役の男も、金目当ての協力者ということだろうね。

二人は赤湯に帰らず、栃木に住む長男を頼った。その時、長男の元で暮らしてた末の妹の禮子、わたしのお母さんにね、久しぶりに再会したらしいの。みんな涙を流すくらいに喜んだって。


（取材手帳より）

＊

父の勇吉は「弘法大師《こうぼうだいし》」にあやかったその名を「弘子」と書いて「こうこ」と読ませようと決めた。だが顔を見に来る親戚たちは、勘違いや「ややこしい」などの理由で「ひろこ」と覚えてゆく。間もなく両親も含めて正しい呼び方をする人は居なくなった。

父のかわいがりようは相変わらずで、ある時は祭りに、ある時は芝居にと、幼い弘子《ひろこ》を腕に包み親子の時間を堪能した。やがて母の禮子が2人目を身ごもる。家族は幸せの頂上に達しようとしていた。

出産まであと4カ月ほどとなった時、父の勇吉に召集令状が届いた。赤紙を手にした父は、造船所勤めということで海軍に配属される。程なく輸送船の乗組員として軍務に服した。

昭和19年春、父不在の家に赤子の声が響いた。妹「千恵子《ちえこ》」の誕生だ。母は父に喜びの電報を打つ。父から写真を送ってくれという返事があったので、生後4カ月を待って、家族三人で温泉街の真ん中にある写真館へ出掛けた。

そのころ世間では「はしか」が猛威を振るっていた。弘子と千恵子を心配した祖母に連れられて、母も加えた四人で厄よけに出掛ける。赤湯温泉の湯神として信仰される「松林山薬師寺」だ。中央の長い石段を上ると仁王像が待ち構えている。その股をくぐれば、もしはしかにかかっても軽く済むと伝えられているらしい。

仁王像は迫力に満ちた形相で弘子たちを見下ろした。まだ物のわからない千恵子はいつもとさほど変わらない様子だが、弘子はその恐怖を感じられるようになっている。境内に響き渡るほどの声で泣きながら、何とか股くぐりを終えた。

出来上がった写真を横須賀へ送ってから間もなく、父に会う好機が訪れる。運んできたのは伯母の「とめ子」だった。

とめ子は母のすぐ上の姉だ。二つ違いの24歳で、東京の高級料亭で仲居として働いている。すでに都内の料亭は多くが、戦争で勝つために人や物を総動員する目的から、閉鎖を命じられていた。とめ子の勤める麹町の店はその例を免れていたそうだ。

彼女が目を引く容姿と聡明さとを兼ね備えていたので、わざわざ指名をして来店する客も多かった。その数は店で一番だったという。禮子とは昔から、貧しさへの転落を共に耐え、２人の姉が病死した悲しみを分け合ってきた。だからか、自身がまだ独り身ゆえか、禮子やその娘である弘子と千恵子をいつも気に掛けている。父と離れ離れになった家族に心を痛め、以前から面会させてやりたいと考えていたらしい。だが、今や汽車での移動は容易でなかった。

連合国との戦いが激しくなるにつれ、日本は海上輸送の危険を避けるために陸路を使う比重を増やしていった。例えば北海道や九州で産出された燃料用の石炭は、これまで日本沿岸を走る船で各地へ送っていたが、それを鉄道で運ぶよう切り替えたのだ。貨物列車はできる限りの増発に向かい、反対に旅客列車がどんどん削減される。となれば客車の混雑は異常なものになった。

そういった状況から、旅行はもちろん通勤に列車を使うのにさえ規制が加えられ、切符を買うことすら困難になっていた。とめ子は禮子たちを喜ばせてやりたい一心から、国鉄の駅長に頼み込み何とか切符を確保してくれたという。

弘子はとめ子に、千恵子は母に背負われて汽車に乗り込んだ。赤湯から上野へ移動し、横須賀行きの乗り場へ向かう。見えてきた車両はやはり超満員で、体を押しつぶされそうになっている子どもだろうか、甲高い泣き声も漏れてくる。とても乗れそうにない。うろたえていると、駅員が走ってきて窓から無理やり押し込んでくれた。

やっとのことで横須賀の海軍施設にたどり着く。そこで父との再会がかなった。父は弘子と千恵子を順に抱きかかえ涙をこぼす。そばには同じように面会をする家族の姿があったが、父は周りの目も気にせず、まるで今生の別れかのように大声で泣いた。母ととめ子が何かを感じ取ったのか、顔を見合わせる。父は自らの髪と爪、家族への手紙が入った奉公袋を母に託し、間もなく京都の軍港「舞鶴」へと移った。

年が明けてすぐ、赤湯の自宅に再びとめ子がやって来た。聞くと夜行列車に飛び乗って東京を出てきたそうだ。母は父との不吉な面会から不安に耐え続けていたのだろう。とめ子の姿を見るなり妹の顔に戻って胸へ飛び込んだ。

「詳しい話は後で」

とめ子は両腕で母を優しく受け止めた。

「弘子と千恵子に食べさせたいものがあるのよ」

国防色の大きな袋から、とめ子は何かを包んでいるような新聞紙を取り出した。

弘子の視線がそれに誘われる。中から現れたのは、六つの黒みがかった干し柿だった。

弘子はこれまで甘いものを口にしたことがほとんどない。ずっと前に砂糖を舐めたきりだ。当然、生まれて８カ月の千恵子は一度もなかった。それを知る母は、たちまち泣き崩れた。

　涙の理由は他にもあるのだろう。母は先日、苦い思いをしたばかりだった。

　隣に住む婦人と顔を合わせた母は、彼女がある農家から干し柿を買ってきたと聞かされた。

「いっぱいあったから、角田さんも譲ってもらったら」

　弘子たちのはしゃぐ姿を想像してだろう。母は勢い込んで出掛けた。視力は不自由だが、この辺りの広い道であれば、明るいうちなら杖など使わずに歩ける。やがて目的の家に到着した。

「売れね。帰ってくれ」

　男は母を「疎開人」と呼んだという。

　確かに戦争を機に住まいを移してきたが、生まれはこの赤湯だ。それでも、よそで長く暮らしていればそう扱われるらしい。同じようにしばらく赤湯を出ていた勇吉と暮らしているので、言葉もこの辺りの人とは違っている。それもあってだろうか。

「一つでもいいんです。どうか」

　禮子は踏みこらえる。

「売れねず。疎開人はよそ者だ」

　厚い壁が壊れることはなかった。

　六つの干し柿は、そんな傷心の前に転がってきたのだ。一度は悔しさで軋《きし》んだ母の歯が、その奥から喜びの声を漏らした。

一方とめ子も、難なく手に入れたわけではなかった。

おととい勤め先の料亭で、陸軍大将と重臣5人の新年会が開かれたそうだ。食糧難は深刻で、板前や女将はその数日前から闇市などを駆け回りどうにか材料を調達したという。その中に干し柿があった。

新年会の当日、仲居であるとめ子は、準備のため盆に客の数だけ干し柿を載せて運んだ。

——あの子たちに食べさせたらどんなに喜ぶだろう。

弘子と千恵子の笑顔が思い浮かんだそうだ。

やがて宴が始まり、とめ子は大将たちのお酌に回った。

「干し柿か。よく用意できたね」

ふと大将が、うれしそうに手を伸ばす。その時、とめ子は自分でも思いがけない大声を発して大将を制止すると、次の瞬間、両手を床に突いて深々と頭を下げた。

「一生のお願いでございます」

いぶかしげな大将の視線に射られながら、とめ子は続けた。

「その干し柿、譲っていただけないでしょうか」

とめ子は山形に娘たちを疎開させていると説明し、親代わりに自分の妹も行かせていると付け加えた。もちろん彼女は独り身だ。弘子と千恵子を我が娘として置き換えた作り話だった。

「夫は海軍兵として舞鶴におります。私たちの子は父の温もりも、甘い味も知りません」

同情を誘う文句が次々と唇を動かし、頬をぬらした。大将をだましてやろうというつもりはなかったという。弘子たちに食べさせてやりたい。その一心から生まれた演技だった。

客に料理をねだる行為は、店の掟で厳しく禁じられている。広間にしばし緊張が走った。

「喜んで差し上げよう」

大将は「ご主人が大日本帝国のため、最前線で働いているとあれば」と、とめ子に感謝を示したそうだ。周りの重臣たちの分も集められ、結果、彼女には六つの干し柿が与えられた。

次第を聞いた女将は、とめ子をとがめなかった。ただ大将に丁重な礼を述べ「今後このようなことがないようにします」と誓ったそうだ。

切符を持っていないとめ子に、大将から特別な手形が渡された。

「陸軍大将の命令で山形県赤湯町に参ります。そう言えば乗せてくれる」

寛大な計らいのおかげで、とめ子は上野の駅長から敬礼を受けたばかりか、横須賀行きの時のようなぎゅうぎゅうの客室ではなく、２畳ほどの車掌室でくつろぎながら帰省できたそうだ。

弘子は干し柿を手に取り、黒くしなびた表面に歯を立てた。口の中にねっとりとした果肉が広がる。その甘みにたちまち夢中になった。

「おいちいね、ちいちゃん」

２歳の弘子は、千恵子をそう呼んだ。

「これ、クロっていうのよ」

干し柿に名前を付け、千恵子に紹介してやる。その様子をとめ子と母が、笑ったり泣いたりしながら見守っていた。

しばらくして、弘子と千恵子は同時にはしかに感染した。二人とも高熱で床に伏したが、例の股くぐりのおかげか、弘子は目立った後遺症もなく回復する。しかし千恵子はそこで命を終えた。昭和20年の4月だった。

干し柿の味を覚えてから、わずか4カ月後だ。まだ1歳の誕生日すら迎えていない。母にとっては、かつて兄の将来を阻んだ病気に、今度は娘を奪われたことになる。勇吉に送るために撮った唯一の家族写真が千恵子の遺影となった。

8月の終戦を経て11月末、海軍局からの知らせが届いた。

――昭和20年1月8日、沖縄近海にて戦死。

弘子と千恵子が干し柿を頬張っていたのと同じころ、勇吉は舞鶴から出港した輸送船に乗っていたそうだ。それが撃沈されたという。

骨箱の中に遺骨はない。季節外れのみかん1個と、スルメ1枚がただ転がっている。不倫の子として誕生を疎まれ、しかし才能と勤勉さとで幸福をつかんだ父は、それだけを置いて海の底へ消えた。

母は23歳で、ささやかな葬式を挙げた。

生活の支えをなくし、共に歩くはずだった道も途絶えた。ただでさえ真ん中を失った視界は、その隅に未来を映さない。冬が重たい足音を響かせた。

憔悴した母に回復の兆しもないまま、大晦日が半月先まで近づいてきた。二人きりになった家にひゅうひゅうと鳴く風が吹き付ける。夜更けには雨が屋根をたたいて、部屋の静寂をごまかした。

いつもなら布団に入る時間だというのに、母はそっと弘子を背負っておんぶ紐を結んだ。いつもより締め付けがきつい。それから母は、二つ並んだ位牌に線香を上げ、リンを鳴らした。胸と腹で感じる母の背中は明らかにいつもと違っていた。

母が玄関の戸を開くと、冷気が頬を刺してくる。

「どこへ行くの」

弘子はこわばる声で聞いた。

「お父さんと千恵子ちゃんの所よ」

振り向く母はほほ笑んでいた。

「一緒に行きましょうね」

弘子は「うん」とだけ返事をして、雨夜の奥へと運ばれていった。

幕間

＜遺書＞

昭和19年8月、横須賀での面会時に、勇吉が奉公袋に入れて禮子へ渡したもの

可愛いい三才の角田弘子へ

父さんの最後の言葉です。初めて父さんは二十七才の七月十九日午前十時に弘子を出産させて喜んだ。生れて八日目より湯へ自分で入れ可愛がって三才の今日迄育てましたが、米英と日本の決戦の為め二十九才の七月二十一日臨時召集令が下って八月一日舞鶴海兵団へ入団し海軍兵として勤め、戦の太平洋上へ出て働いています。弘子も母さんの事を良くきいて大きくなり、父さんの教へをきいて母へ孝行をして下さい。母は二十二才、父さんは二十九才、弘子は三才、千恵子は一才でした。父さんは海軍兵として大日本帝国の勝つ為めに一死奉公致します。戦死は覚悟です。弘子の大きくなった姿を草葉の蔭で見て喜んで幸福を祈ります。

可愛いい一才の千恵子へ

千恵子よ、父さんが戦争へ出征する時は一才の為めに何も知らずにいる赤ん坊でした。笑ふ様になっていたので父さんの出征軍服姿をみてあやされて顔をにこにこさせて笑って呉れました。千恵子や姉さん母さんを残して召されていきます。千恵子も大きくなって母へよく孝行をして下さい。遠い太平洋の戦地より千恵子の丈夫で大きくなる事を祈ります。千恵子よさようなら。

可愛いい可愛いい千恵子よ、さようならさようなら。

父さんより

第3幕　赤湯の踊り子

あまりそういう話はしてくれなかったけど、前に一度だけ聞いたことがあるの。実はお母さんに初恋の人が居て、結婚前にお付き合いしたらしいのね。

栃木の学校で按摩の勉強をしながら働いていた17歳のころ、お相手は七つ上の警察官だって。互いの休みが重なる日にデートをすると決まっていて、お母さんはいつもその日を楽しみにしてたみたい。

交際は順調に続いて、初めて二人で過ごすお正月がやって来た。このデートは特別で、街へ出掛けて写真館で撮影をしてもらう予定だったらしいの。

お母さんは張り切って、正絹《しょうけん》ってわかる？　他の繊維を混ぜずに作った純粋な絹ね。その晴れ着を新調して、芸者さんみたいに結った日本髪にかんざしを飾って。自分でも普段から「姉ちゃんたちは美人なのに」なんて嘆いてたけど、その器量のあまり良くない顔にたっぷりお化粧して彼を待ったの。

迎えに来た彼は満面の笑みで「禮《れい》ちゃん、きれいだね」だって。もう二人で舞い上がっちゃって、手をつないで肩をくっつけながら写真館へと歩いていったの。

まあ、あまりにも二人の世界に入り込んじゃったんでしょうね。目の不自由なお母さんだけじゃなく、相手まで周りが見えなくなってたみたい。いつの間にか道の端に寄っていて、気が付いた時には足を踏み外してた。「ドボン」って大きな音がして、一緒に川の中よ。きれいに結った髪からお化粧した顔から全部ずぶぬれ。一番悪かったのは晴れ着ね。正絹なものだから、すっかり縮んじゃって二度と着られなくなったらしいの。肩を落としながらとぼとぼ帰って、間もなく破局を迎えた。ただね、理由は川に落ちたからじゃないの。

相手は長男で、しかも一人息子だった。片やお母さんは学校長夫婦の養女になって、婿を取るよう望まれてた。

どちらも譲れず、結局、別れるしかなかったの。

そこに現れたのが勇吉さんよ。

「お前じゃ誰ももらってくれないだろう」

再会するなりそれだって。

「もらってやるから俺のところに来い」

おばあちゃんの「あの子も、目さえ悪くなければな」って言葉がずっと頭に残ってたらしいけど、それにしても急よね。

そんな態度だったけど、奥からにじみ出る好意をお母さんは感じ取っていたんでしょう。実際に、学校長の猛反対と父は闘った。負けてたら、わたしは生まれてないのよね。

残念なのは、わたしの頭にあるお父さんの記憶が、ほとんど誰かから伝え聞いたものだってこと。そうやってしか父について知りようがなかったから。

（取材手帳より）

＊

やがて雨はみぞれに変わった。

それは母の持つ番傘に次々とへばり付く。母は振り払おうとせず、やや足を速めた。

弘子はおんぶ紐と自分の両腕を頼りに、ただ母から離れまいと必死だった。線路の方へ向かっているようだ。そこへつながるあぜ道は真っすぐで、夜に沈んでも目を患った母を導く。辺りに人影はない。暗い田んぼにみぞれが飛び込んでは、ぴしゃぴしゃと音を立てた。

ふと誰かに呼び掛けられたような気がした。母の歩みが止まる。見回すがやはり人の気配はない。きっと風のせいだろう。母は再び道を急いだ。

また聞こえた。今度はさっきよりも人間の声に近い響きだった。

途端に母の様子が一変した。傘を放り投げて我を忘れたように前後左右へ首を振った後、闇に向かって「あなた」と絶叫する。返事はない。代わりに、道の脇で水かさを増していた水路が、大きな魚が跳ねるのに似た音を鳴らした。それを合図にしたかのように、きつく結ばれていたはずのおんぶ紐がほどける。弘子はみぞれであふれかける水路に飲み込まれた。流れはゆっくりだが、弘子の小さな体をさらうにはじゅうぶんだった。母が慌てて手探りをしている。しかし母の視力では弘子を見つけられない。弘子が手を伸ばしても、指が触れそうになった次の瞬間、水流に引き離されてしまう。

薄氷の漂う水路に体の自由を奪われながら、弘子は「ここよ」と喉の奥から絞り出した。その声を追って母が駆け寄ってくる。差し出された手を何とかつかむと、弘子はぬかるむあぜ道に引き上げられた。

泥まみれの服で、地べたに座り込んで号泣する。母も同じだった。

「ごめんなさい。お母さんが悪かった」

母は弘子のぬれた髪をなでた。

弘子は奥歯を震わせながら母に抱かれる。風がいたずらをしたと思ったあの時、母は勇吉の声を聞いたのだという。

――止まれ。生きろ、生き抜くんだ。

弘子も確かにそれを聞いた。幼い千恵子の言葉にならない呼び掛けも重なっていた気がした。

母は弘子の服を脱がせると、自らも上半身裸になった。そのままおんぶをして、上から着物をかぶせる。素肌から伝わってくるぬくもりは、家を出た時とまるで違い、弘子を安らぎへ誘うものだった。

来た道を引き返す。途中、上野行きの最終便が音を立てて近づいてきた。母はあれに飛び込むつもりだったという。列車は物悲しい汽笛を夜空に奏でると、だいだい色の淡い線を描きながら、降りしきるみぞれの向こうへと消えていった。

家に戻り裸電球に明かりをともす。すっかり冷えた部屋で二つの位牌が迎えてくれた。母は仏壇に手を合わせ、また泣き崩れる。弘子はその背中をじっと見つめていた。

——お母さんは、わたしが守らなきゃ。

その夜の出来事は、弘子の胸に覚悟を宿した。

母は引っ越し先を探した。

みんなで暮らしていた借家は新しくきれいだったが、収入が途絶えては住み続けられない。同じ「横町」という地区内で、すぐそばに空きがあるというので、そこへ移ることになった。

まさに雨風をしのぐだけの、くたびれた長屋だった。4畳半、6畳、8畳の3部屋を使えはしたものの、台所と便所は他の住人との共用だ。薄く小さな板を貼り合わせた屋根には穴が開き、それは星空をのぞけるほど大きい。そこから芸者たちの下駄や三味線の音が聞こえてくるのは、これまでもあったものがややにぎやかになっただけで、枯れ葉が舞い込んでくるのもまだいい。だが雪となれば、布団を部屋の隅に逃がし、マントを掛けて、さらに木綿の風呂敷で覆ってやる必要があった。そうしておいて、寝る時には頭まですっぽり潜って寒さをしのぐわけだ。

雨の日は大騒ぎになる。雨は大きな穴からだけでなく、天井のあちこちから侵入してくるからだ。そういう意味では「雨風をしのぐだけ」とすら表せない。ともかく、タライやバケツや洗面器を総動員して床に並べ、それでも足りないと隣の住人から借りて補う必要があった。

雨粒はさまざまな容器ではじけて、それぞれ個性の違った音を発する。まるで演奏会だった。3歳の弘子にとってはそれなりに愉快な毎日だが、母はがまんし切れなかったらしい。「家賃が安いとはいえ、これじゃあんまりだ」と大家に掛け合った。

大家は背丈が低く丸々としていて、いかにも人の良さそうな見た目をしていた。

「鶏小屋よりひどい所から家賃を取ってるなんて世間に知れたら、俺の立場がないからね」

すぐに大工を呼んで修理をさせてくれたが、雨粒の演奏は少し控えめになっただけだった。

「やっぱり屋根を葺き替えないとだめだな」

大家は天井をにらみながらつぶやいてみせる。だが「金がかかる」と結局そのままだった。

食料だけでなく服や日用品も欠乏している終戦直後、弘子たちが雨受けに使うバケツでさえ、新品を手に入れようとすればなかなか見つからない世の中だ。いくら気のいい大家でも、屋根の穴にまで金を使う余裕はなかったのだろう。

母方の祖母「政江《まさえ》」もまた、激しい心痛と共に生きている人だった。早くに次女を亡くし、夫の闘病中に同情から始まった不倫が原因で生活の支援を絶たれ、しかも内縁の夫は働かず、さらに長女を失った。幼くして長男に預けた末娘の禮子は立派に育って赤湯に戻ってきたが、彼女も早くに夫や娘と死に別れてしまった。政江の胸には、自責と悲しみとが堆積していたはずだ。

「按摩を始めてみたら」

祖母が母に勧めた。金銭的なよりどころを欠いた暮らしを案じてだろう。

母には栃木の学校を継ぐために腕を磨いた経験がある。秀でた技術を持っているのだから、確かにそれを売り物にすればいい。だが母には不安があったようだ。

温泉旅館の客が、よく按摩を求めるのは知っている。ただしそれは栃木の事情だ。赤湯では芸者を揚げてのどんちゃん騒ぎに終始する客が圧倒的に多かった。ましてこの物不足にあえぐ状況で、温泉客の財布を当てにできるのかわからない。

とはいえ今は、父の遺品を生活費に変えてやりくりしているありさまだ。窮乏は迫っている。しばらく悩んでも他の選択肢は現れなかったらしい。ある日、母は按摩師と名乗る決意をした。

悪いことに母の不安は的中した。温泉街の客から母に掛かる声はない。やむなく知り合いの呉服屋や芸者置屋を訪ね歩き、遊郭へも足を伸ばして妓楼の女将に頭を下げ、何とか仕事にありつくという日が続いた。

按摩師の出番は、人がくつろぐ夜の時間帯が主だ。お呼びが掛かれば母は7時ごろに客の元へ赴く。目の都合からタクシーを使うので、金銭的な悩みはあっただろう。その上、弘子を連れていけないことも母を葛藤させた。

弘子は母の負担になってはいけないと、駄々をこねて引き留めたりはしなかった。しかし母も４歳の娘に留守番をさせたくはない。何せ夜中の12時ごろに仕事が終わることもある。結局、弘子は母が働きに出掛けるたびに、母の実家へ預けられることになった。

そこで悪意に迎えられるなど想像もしていなかった。伯母たちはすでに家を出ていたので、祖母の政江が主に弘子の相手をしてくれる。だが政江がまだ仕事から帰っていない時は、家の様子がどうもおかしいのだ。

弘子が玄関をくぐるなり、目に付く食べ物はさっとたんすにしまわれ、さらに引き出しの施錠によって閉じ込められた。台所をのぞけば、ぐるぐると針金に巻かれた鍋がある。中身は煮物か何かのようだが、針金はふたごと縛った上に結んであるので開けられない。どれもこれも、祖母の内縁の夫である昭男の仕業だった。

昭男は弘子に家のものを食べられるのが気に入らないらしい。嫌がらせは常に政江の目を盗んで行われた。

ある時、祖母の家を訪ねると誰の姿もない。台所の鍋に針金も巻かれていない。中にはゆでたそうめんがあった。少しつまもうとしたところで玄関の方から音がした。

「何しとる。この泥棒猫め」

昭男は素早く鍋をつかむと、いつものたんすまで運んで引き出しへ押し込み、錠を掛けた。弘子は、その一連をただぼう然と眺めていることしかできなかった。

厳しい仕打ちを受けても、弘子にとっては「おじいちゃん」だ。だがそう呼ぶと昭男はさらに憎々しげに顔をゆがめた。

「なれなれしい。俺はお前のじいさんじゃねえ」

それが嫌なのならと「昭男さん」に変えてみると「かわいげのないガキだ」とやはり疎んじられた。

ある秋の夜、裸電球のともる薄暗い部屋に座り母の仕事が終わる時間を待っていると、珍しく昭男の方からこちらに近づいてきた。祖母は用事で家を離れていたので、また嫌がらせが始まるのかと、うつむいたまま一瞥する。意外にも昭男は口元に笑みを浮かべていた。

「弘子、うまいもん食わせてやる」

その言葉で弘子は顔を上げた。

昭男の手につかまれてぶら下がった何かが、ゆっくりと左右に揺れている。だいだい色の明かりに陰影を与えられたそれは、まだら模様の、白目をむいた猫だった。

一瞬で弘子の全身が硬直する。その体を狙って昭男が猫を投げてきた。猫は弘子にぶつかると、畳に落ちてぐにゃりと横たわる。口からは泡がこぼれていた。

「ほら、食え」

弘子は恐怖の叫び声を上げ、下駄も履かずに外へ飛び出した。暗がりを必死で駆けて長屋に帰ったが、母はまだ留守で、戸締まりがしてあるので中へ入れない。仕方なく、秋風に吹かれながら軒下にうずくまった。

地面に触れたはだしの指先が次第に冷えてくる。スカートを下げて敷物の代わりにした。母が戻るだろう時間まではまだ相当ある。心配をかけてはいけないと思いつつも、目の奥からあふれてくるものを抑えられなくなっていた。

そこへ現れる人影があった。何かを捜すように首を振り、弘子の下駄を手にしている。

「おばあちゃん」

弘子は政江にすがるように抱き付く。政江は着物の衿を大きく広げ、素肌で弘子を迎えた。

「かわいそうに。寒かっただろう」

政江が用事を終えて家に戻った時、玄関にそろえられた弘子の下駄を目にしたそうだ。しかし部屋のどこにも姿がないので、行き先の心当たりを追ってここへやって来たという。弘子はとろけるような安堵を感じながら、ぬれた頬を祖母の胸で温めた。

それからも昭男の悪行は続いた。ある日は、やはり政江が家を出た隙を見て「お前に食わせたいものがある」と声を掛けてきた。前のことがあるので弘子はとっさに身構える。昭男は持った火箸をいろりに伸ばすと、真っ赤に燃えた炭をつまみ「食ってみろ」と逃げる弘子を追い回した。またある日は、青カビが生えたご飯に赤い唐辛子粉を振り掛け口に近づけてきた。

負担になるのが嫌で、母にも祖母にも相談はできなかった。いつかやむだろうと耐え続けたが、数カ月が経っても昭男の態度は改まらない。ついに弘子は一人で留守番をすると母に宣言した。

母としては4歳の弘子だけを残して出掛けるのは不安だろう。対して弘子は昭男と一緒に過ごすくらいなら寂しさの方を選びたい。結局、譲らなかったのは弘子だった。

夜ごと母を見送る毎日が始まった。ただし留守番のお供がちゃんとあって、それは父の形見の蓄音機だ。同じく父が趣味で集めた72回転のレコードをかければ、弘子は心細さを紛らわすことができた。

心労を重ねてきた母が久しぶりに楽しそうな顔を見せたのは、明くる年の正月だった。赤湯に芝居がやって来たのだ。

ドサ回りの「浪之丞《なみのじょう》一座」で、ひと月も前からあちこちにビラが貼られていたものだから、町の者たちは「東京の芝居が観られる」と針の一突きで破裂しそうなほどに期待を膨らませていた。

「当地、初お目見えにござりまする」

ついに公演の日が到来した。明るいうちから、顔を白く塗った役者たちが、ちょんまげや島田まげのかつらをかぶって街を練り歩く。彼らの奏でる三味線や小太鼓の音色は路地裏まで分け入り、甲高い拍子木の響きは澄み切った空の向こうへ飛んでいった。

そのにぎわいは、毎夜繰り返される温泉街の喧騒とは違った華やかさを帯びている。表通りに面した髪結い床《どこ》では、身支度を半端にした芸者見習いの女の子たちが、窓から身を乗り出して一団を眺めていた。

夕方になると母は、幕開きに備えて料理をこしらえた。台所に立っている時は、目が不自由なのを感じさせないほど手際がいい。できたものを重箱に詰め、風呂敷で包む。えらい張り切りようで、鼻歌まで聞こえてきた。父と千恵子を亡くして以来、こんな母を見るのは初めてだった。

「ねえ弘子、とめ子おばちゃんがこの前送ってくれた洋服にする？」

着替えを始めたころには、出発の時間まであと少しだった。

「用意はできたかい」

祖母の政江が迎えに来た。こちらも風呂敷包みの重箱を手にしている。

二人に挟まれながら家を出て、緩んだ頬に寒風を浴びた。積もった雪を踏み鳴らしつつ、時々、夜空に輝く星を見上げて歩いた。

劇場「トキワ館」の前では、派手なのぼりが数本はためいている。外に置かれたスピーカーから流行歌や股旅物の唄が流れ、それに浮き立つ客たちが、軒につられた赤や桃色の提灯の下に吸い込まれていった。

館内はあふれんばかりの人だかりだ。外の雪など忘れてしまうほど、むんむんとした熱気に満ちている。

「政江さん、ここですよ」

呼ぶ声は祖母の友人だった。

ずっと前から舞台の袖近くに陣取って、いい席を取っておいてくれたらしい。祖母は喜び、母の手を引いて観衆の間を擦り抜けた。

「禮子、ここからなら見えるかい」

弱い視力を気遣いながら、祖母は母を座らせた。

舞台にはセルロイドで作った桜の花びらが垂れ下がっている。準備はまだ途中らしく、トントンと道具を鳴らして仕上げ作業に忙しそうだ。その間にと祖母と母が、互いに持ち寄った重箱のふたを取った。どちらも力の入ったごちそうだ。観衆がざわめき続ける中、弘子は二人の料理を頬張った。

ついに幕が開いた。座長の浪之丞が舞台に現れ口上を述べると、場内はにわかに沸き返る。第1部の始まりだ。色とりどりのスポットライトがくるくると回り、その都度、役者たちの表情を変えてみせた。うっとりとしている間に時が過ぎ、やがて休憩が案内された。

客たちは一斉に便所へ向かう。弘子も母に促されたが、その場を離れる気にはなれなかった。しばらくして拍子木が打ち鳴らされ、再び幕が上がる。だが始まったのは芝居ではなかった。

「誠に申し訳ございませんが」

あたふたと出てきた座長が、もう少し時間がかかると詫びた。

客席からからかいの声が飛ぶ。ちょっとした問題なら、それも楽しんでしまおうということなのだろう。皆、酒や料理をお供に待つ姿勢に入った。

「一人で行けるから」

気が抜けた途端に催してきて、弘子は立ち上がった。「早く戻ってくるのよ」と母がせかす。その言葉を背に歩いた。

用を足して便所を出ると、ほの暗い廊下の向こう側にのれんが見えた。その奥がぼんやりと光っていて、何やら慌ただしく動き回る人影もある。好奇心をくすぐられて、そっと近づいてみた。

のれんの隙間からのぞくと、鏡台や役者の身支度に必要な品が並んでいる。どうやら楽屋らしい。ただおかしな点があった。床に敷かれた布団に、化粧をし、かつらをかぶった少女が横たわっているのだ。舞台の中断も、せわしない人影も、彼女が関係しているに違いない。

気付くと弘子は、隙間からのぞくどころかのれんに手を掛け開いていた。その気配を察してか、一人が振り向く。座長の浪之丞だった。

「ちょうどいい子どもが居るよ」

座長が救われたような表情で駆け寄ってくる。

「ほんの数分だから、代わりに出てくれないかな」

座長は大げさなほどの身ぶりで手を合わせてみせた。

布団の少女は急に体調を崩してしまったそうだ。第２部を始めようにも役が欠けてはと狼狽していたらしい。

「うん、いいよ」

弘子は勢いに流され、悩む前にうなずいてしまった。

そこからは瞬く間だった。弘子の頭には白い布が巻かれ、その上に少女のかぶっていたかつらが移動してくる。顔はたちまち白く塗られ、首から下は男の子用の衣装にくるまれた。

「早くこのお兄さんにおんぶして」

演目は『国定忠治』だ。弘子に与えられたのは、板割の浅太郎に背負われる「勘太郎」の役だった。浅太郎役がここぞという時に弘子の尻をぽんとたたくので、大きな声で「おじちゃん」と呼ぶだけでいいという。

すでに第2部が、観衆を待ちに待たせた分の注目を集めながら進んでいた。弘子は舞台袖で浅太郎役におんぶされ、いつ出番が来るのかと体をこわばらせる。ふと浅太郎役の背中から、深呼吸の膨らみが伝わってきた。

さっきまで客席から眺めていた照明が、役者の弘子を迎えた。観衆の拍手が聞こえる。長ドスを握った男たちの争いが始まり、弘子は右へ左へと激しく揺さぶられる。落ちないようにしがみ付きながら、襲ってくるめまいに抗った。盛り上がりは最高潮だ。そこで尻に合図があった。

薄暗い廊下に母と祖母の姿があった。ちょうど、楽屋の方へ向かおうとしていたようだ。

浅太郎役に背負われたまま二人に呼び掛ける。その声は、喝采の余韻でやや上ずっていたのかもしれない。

母も祖母もただ呆然としていた。それもそうだろう。用を足したいというので見送ったら、なかなか戻ってこない。劇が始まっても現れないので、席を立ち便所へ捜しに行ったそうだ。弘子が舞台に登場したその時間、二人は汲み取り式の便槽をのぞき込み、ひどい臭《にお》いに耐えながら弘子の名を叫んでいたという。

「話をする暇もなく、お借りしてしまいました」

幕引きを終えたばかりの浪之丞が、息を整えながら詫びた。

二人を楽屋に招き、浪之丞はいきさつを説明した。浪之丞の妻が手あぶり火鉢に網を乗せ、みそ豆餅を焼く。彼女が礼を言うと、一座もそれに続いた。やがて焼けた餅を皆で分け合った。

少女が倒れた原因は「はしか」だった。かつて千恵子の命を奪った病気だ。幸い少女は回復の見込みがあるそうだが、舞台に立てる状態ではない。

年は弘子と同じだという。だからか、先ほどの出番がうまくいったからか、滞在している宿が弘子たちの住まいから近かったこともあり、浪之丞は赤湯公演の間、役者として弘子を貸してほしいと願い出てきた。

他の役者たちも、思い詰めた表情で頭を下げる。困っている人を放っておけない性分の母が、それでも弘子を心配してか不安げな顔を向けてきた。

「できるよ」

ここでも弘子は、大人たちの勢いに押し切られた。

浪之丞たちは街の安宿に滞在しており、そこの広間が稽古場になった。少女の役割を全て引き受けるわけなので、尻をたたかれて「おじちゃん」と声を上げるだけとはいかないらしい。彼女が一人で踊る場面を楽しみに来る客も多い上に、うまく踊れば客からの「おひねり」、一座にとっては大事な収入が増えるそうで、責任は重かった。

まずは振りの特訓が始まる。

「一つでトン、二つでトン、回って回ってトン、傘をかざして振り向いてトン」

浪之丞の掛け声に合わせて手足を動かした。間違いを指摘されたり、褒められたりしながら、少しずつ体に覚えさせてゆく。

何とか形になると、今度は舞台衣装とかつらを着けた。いざレコードに合わせて踊ろうとすると、いつもと裾が違うのでもつれる。慣れないかつらやかんざしにも注意をそらされた。

そうしているうちにふと、とんでもないことを引き受けてしまったと実感が湧いてきた。なぜよく考えもせずにうなずいてしまったのだろう。だが悔やんでうつむいたところで、公演の日はじりじりと迫ってくるだけだった。

ついに本番だ。何度も練習した曲が劇場に流れだす。それに合わせて弘子は独り、袖から舞台中央へと進み出た。

客席を見回してみる余裕すらないのに、観客に向かってにっこり笑うよう言い付けられている。それをするかしないかで、おひねりの数が変わるらしい。練習の記憶に体を任せ、くるりと回って振り向きざま、硬直した唇の端を何とか持ち上げた。間もなく「かわいい」の歓声とおひねりが飛んできた。

——幕が床にしっかり付くまでだからね。

浪之丞の教えが脳裏をよぎり、最後の姿勢のまま動かぬようがまんする。おかげで、曲の終わりには喝采が重なって聞こえた。かつらの下はびしょぬれだ。舞台袖に戻ると、同じように額を汗で光らせた祖母が抱き締めてくれる。そのぬくもりもご褒美だった。

一座は次の町の興行でも同じ宿を拠点にしたので、弘子は続けて代役を引き受けることになった。幕間に流れる『祇園小唄《ぎおんこうた》』を耳にするたび、便所に立ったあの時の曲だと記憶がよみがえる。その旋律は、舞台に立つ３カ月の間に弘子の胸にしみ込んでいった。

浪之丞一座が東京へ帰る日がやって来た。弘子は彼らと別れのあいさつを交わし、離れていく後ろ姿を見送る。その中には、すっかり元気になった少女の背中もあった。

そのころ赤湯の温泉街では、弘子についてのうわさが広まっていた。間もなく評判を耳にした一人が、弘子に新しい舞台を用意しようと腰を上げる。芸者置屋「分春本《わけはるもと》」の女将だった。

第4幕　哀れの住む街

これは一流になると見抜いた女将は、その子に絶対に家事をさせないんだって。置屋には「抱妓《かかえっこ》」と呼ばれる住み込みの芸者さんが居るんだけど、お座敷に出たりお稽古をしたり以外の時間は、炊事とか洗濯とか、家事をして暮らしているのね。一流は例外で、そういうものに触れちゃいけない。生活のにおいをさせないためだって。

藤松《ふじまつ》さんがまさにそれ。赤湯には姉妹分の元芸者が女将をしている「春本《はるもと》」と「分春本《わけはるもと》」という置屋があって、藤松さんは「春本」の抱妓だったの。わたしが初めて会ったのは、お母さんと一緒に「分春本」の方に呼ばれた時だったかな。藤松さんは何か用事があったのか、お座敷の前に寄っただけなのか、ふらっと顔を出したの。しばらく見とれてしまうくらいきれいな人だった。

昔は芸者さんの人気投票っていうのがあってね、街の写真館に赤湯温泉の芸者さんの顔写真がずらっと貼り出されたの。小学生だったわたしもあれこれ見比べて、素敵だなって思う人に投票したよ。結果、1位はやっぱり藤松さんだった。

それから東北大会が開かれるんだけど、福島の飯坂温泉や青森の浅虫温泉の人気芸者が勝ち進んでくる。そこでも藤松さんが1位を獲った。となれば評判を呼んでますます赤湯はにぎわうってわけよ。藤松さんは美しいだけじゃなく踊りも素晴らしかったからね。わたしも稽古してるところを何度かのぞいたことがあるけど、身のこなしが他の芸者さんとは明らかに違ってた。中でも「かっぽれ」は動きの切れが雲泥の差だったのよ。だからでしょう。この辺りで宴会となれば真っ先に「藤松さんを呼べ」って声が上がったみたい。

ただね、藤松さんはかなり稼いでいたはずだけど、それをみんな男に使っちゃうのよ。特に若い男に貢ぐのがやめられなくてね。あまりの売れっ子だから、女将さんでもそれを注意できなくて、仲のいいわたしのお母さんにぼやいてたらしいの。

後に起こってしまったことを考えると、その時に厳しく言えてたらよかったんだろうね。

（取材手帳より）

＊

どこに焦点を合わせたらいいかわからない。壁に並んで掛かった三味線や、商売繁盛の稲荷が祀られた神棚へ迷わせてみるが、結局、隣に座る母の横顔に戻ってきた。

まだ昼前だというのに芸者置屋「分春本」は忙しそうだ。雑用に追われる女中や男衆《おとこし》、見習いの子たちが幾度も視界を横切っていった。部屋の長火鉢は炉で炭を赤々と燃やしている。上に乗った鉄瓶がチンチン鳴って、湯が沸いたと知らせた。その音が弘子の身をいっそう硬直させた。

「悪い話じゃないと思うんだけどねえ」

女将は長い指の先でたばこを挟んでいた。元芸者だけあって、着物の後ろ衿の開き具合はなまめかしく、前合わせも粋に決まっている。

「あんたもまだ若いんだし、嫁に欲しいって人も居るんじゃないか」

指先のたばこが女将の唇に寄せられる。しばしその端を赤く輝かせた後、現れた灰を長火鉢に落とした。

「その年で按摩やってても、苦労ばっかで何も楽しいことなんてないでしょうが」

女将は再びたばこをくわえた。引っ詰めた髪に飾られたさんごの玉かんざしが、延々と続く説得にすごみを加えている。片や母は神妙な表情で口を結んでいた。

――浪之丞一座の舞台に、赤湯の子が立ってる。

女将は街のうわさを聞き付け、何度か劇場に足を運んだという。そこで踊る弘子を見て、筋がいいと感じたらしい。

「身を軽くして、自分の幸せを考えてもいいと思うんだよ」

女将がまた、長火鉢にたばこの灰を落とした。

「玉《ぎょく》から始めさせたらどうだい。きっとうまくなるね。小さいのに感動を与えるしぐさでさ」

この辺りでは、置屋に入ったばかりの小さな子は「玉」と呼ばれ、普通の子と同じ学校に通いながら、下校後に所作や踊りなどの稽古を受けるらしい。中学校を卒業すると「半玉《はんぎょく》」として扱われ、京都でいう舞妓のように、実際にお座敷へ出て踊りを披露したり、客にお酌をしたりするという。

「うちに欲しいねえ」

女将はふうと煙を吐いた。弘子が半玉にまで育てば、きっとあちこちから声が掛かって人もうらやむ暮らしができるという。女将が自らの目でそういう子を何人も見てきているのだろう。

そこに一人の女が通りすがる。視界に入った瞬間、弘子はその姿に意識を奪われた。これからお座敷に向かうのか、髪も衣装もあでやかに飾られている。細長く伸びた目尻は、ただでさえ美しい顔にりりしさを添えていた。

彼女は「藤松」といった。赤湯で最も、それどころか東北の温泉街の中でも一、二を争う「売れっ子」だという。教育する立場である女将でさえ、藤松には決して強く出られないそうだ。

「なかなかいい子じゃないの」

藤松は弘子を品定めするように見下ろした。

弘子は動揺のあまり辺りに視線を逃がした。母はやはり真剣な横顔で押し黙っている。このまま預けていくことはしないだろう。だが女将のちらつかせた「再婚」や「裕福」という可能性は、母を誘惑しているかもしれない。母は勝てるのだろうか。

やがて藤松が去ると、部屋には香水の匂いが残された。それはたばこの煙をかき消すくらいに甘美なものだった。

貧しさに苦しんでいたのは、何も母と弘子だけではない。敗戦後の街にはみじめさと、生きるためには手段を選べない殺伐とした雰囲気が漂っていた。

荒んだ赤湯の土を散らしながら、戦勝国アメリカのジープが走ってゆく。座席から米兵の口笛が響いた。彼らがジープを降りて通りを闊歩すれば、街の人々は食べ物をあさる野良犬のように「ハングリー、ハングリー」と手を差し出して群がった。

彼らは先の戦争で日本が降伏すると間もなくやって来た。武装を解除させ、戦争のできない国にするのが目的だ。つまり「占領軍」だが、占領される側である日本はこの名を嫌い「進駐軍」と呼ぶことにした。

昭和20年9月8日に東京へ軍が置かれ、やがて各地方都市の主要地区に拠点が増えていった。ついこの間まで銃口を向かい合わせていた相手が乗り込んでくるわけで、山形県民は「男子は全て虐殺される」と恐れた。

最も憂慮されたのが婦女に対する暴行だ。政府が女性の一人歩きやふしだらな格好を控えるよう呼び掛けていたのもあり、県内では進駐軍を刺激しないようにと、外国人の生活習慣や礼儀についての講演会が開かれる。会場として使用された学校はどこも満員だったという。

彼らが赤湯へも入ってくると知らされたのは10月の半ばだった。すでに米沢に駐留していた軍から、赤湯町長と赤湯警察署長が出頭を命じられた。車で駆け付けると、彼らは学校を宿舎にしてはどうかと提案してくる。町長はしばし考えて、子どもたちを教育するのに不都合があると申し入れた。かといって他に適当な施設も思い当たらない。すると進駐軍がこれから下見に行くと言いだすので、彼らを車に乗せて赤湯へ引き返した。

彼らは町長たちの要望を踏まえ、学校以外の候補として名のある温泉旅館をいくつか挙げた。町長はまたも動転する。そんな所を青い目の外国人にうろうろされたら、客が逃げて商売にならない。結局、彼らに校舎の一部を割り当て、子どもたちと出入り口を別にする形に落着した。星条旗のひるがえる学校で、彼らは早々に任務を遂行する。戦中に使われていた教科書を集めて燃やし、銃や刀を街じゅうから没収した。

昭和21年4月、彼らは赤湯の宿舎を引き払った。学校と街に半年ぶりの日常が戻る。とはいえ、それは飢えと貧困にまみれたものだ。たびたび土を散らしながらやって来るジープは、まだ残る米沢の進駐軍宿舎からだろうか。「ハングリー」と追い掛ける人々が、粗末な履物の裏で小さな砂ぼこりを作った。

そんな状況でも弘子が笑顔をなくさずにいられたのは、母や祖母はもちろん、伯母たちの存在があったからだ。

とめ子は横須賀行きの切符を手に入れたり、夜行列車で干し柿を運んできたりと、昔からずっと気に掛けてくれたが、その姉である「里子《さとこ》」もまた弘子を大層かわいがってくれた。もっとも、彼女の愛情は弘子だけを選んで注がれていたわけではない。

里子は実家を出て、赤湯から南に位置する城下町「米沢」で働いていた。高級料亭「東陽館」

の仲居として、人より大きな目を輝かせながら、人より小さな体をきびきびと動かした。その誠実な仕事ぶりで、お客からも店の主人からも気に入られていたそうだ。

たまの休日に実家へ帰ってくる時には、必ず土産に現金を添えて持参した。それを最初に渡す相手は昭男だ。里子も昭男の非道な行いは知っている。その上で、たとえ内縁関係であっても父としての立場を尊重しているのだろう。里子は誰のことも分け隔てなく思いやる人だった。

「弘子、禮子、おいしいもの食べに行こうか」

帰省中の里子は、長屋にも訪ねてきて連れ出してくれた。

行き先はいつも、里子の誘いでなければとても入れない上等な食堂だった。座敷席とテーブル席とがあったが、いつも隅のテーブルを選んだ。３脚の椅子が横並びになっていて、その真ん中が弘子と決まっていた。

「あんみつ三つ」

里子の最初の一言は必ずこうだった。

みつ豆にあんこを乗せた「あんみつ」は、弘子が生まれる十数年前に東京で考案されたと言われている。近頃になって赤湯でも目にするようになってきたものの、簡単に口にできる代物ではなかった。

里子にとっても、大好物を頬張るこの瞬間が忙しい日々の励みだったのだろう。彼女は次に天丼を人数分頼み、最後に「何でも好きなものを」と弘子にほほ笑む。弘子は「ラ、ム、ネ」といつも同じ返事をした。

「夜に一人でお留守番してるって？　偉いね」

里子が頭をそっとなでてくれた。まだ伴侶も子も居ない彼女は、弘子を娘のように思っていたのかもしれない。お互い早くに父親を亡くしたという境遇も、同情を深めていたのだろう。

「でも寂しい時や悲しい時は、無理せずはっきり言うのよ」

里子は見抜いていたのだろうか。

母が汽車に飛び込もうとした夜は、母を守りたいという気持ちをより強くした。まして目に病気を抱えた人だ。だから自分のせいで困らせたり、泣かせたりしてはいけない。いつしか弘子は、母に接する態度や使う言葉を慎重に選ぶようになっていた。

運ばれてきたあんみつを、里子はその大きな目がまぶたで隠れるほどうっとりとした表情で味わった。弘子と母も普段の食事は煮物や焼き魚ばかりなので、久しぶりのごちそうを堪能した。

やがて里子は米沢の料亭へ、弘子と母はくたびれた長屋へと、それぞれの日常に戻った。

しばらくしたある日、急に里子が米沢から帰ってきた。どうも体の具合が悪いらしい。心配した祖母の政江がそばの病院へ連れていく。診断は「急性白血病」だった。

政江にとっては長女を奪った病気が、今度は四女に取り憑いたことになる。何とか助かってほしいとどれほど祈っただろう。よっぽど金があれば医者の力を借りられるのだが、ほとんどの家庭は倒れた時に診察を受け、あとは死んだのを確認してもらうために呼ぶのがせいぜいだ。できるのは自らの手で看病してやることくらいで、政江は自宅の一室を里子が静養するための部屋にした。

そのころ弘子は昨年赤湯にできた保育園に通い始めていたので、園の時間が終わると真っすぐ政江の家へ向かい、床に伏す里子を元気づけた。政江が必死で看病している様子も伝わってくる。とはいえ良くなるためにできるのは、栄養のあるものを食べさせてやることくらいだそうだ。せめてそれが効いていると信じたいが、里子が回復に向かう兆しは見られなかった。

2カ月ほど過ぎたある日、弘子は許し難い光景に出くわした。

いつものように降園してそのまま政江の家へ急いだ。闘病中の里子が居る部屋は障子戸が閉じられている。手を掛けようとすると、戸の向こうから異様な音が聞こえてきた。

わずかな隙間から中をのぞく。布団にはいつもと同じように衰弱した里子が横たわっていた。だが枕の方へ視線を移すと、50センチほどの丸太棒がのこぎりに刃を当てられている。この音だ。のこぎりを握っているのは昭男だった。

「もう長くないなら、粘ってないでさっさと引いたらよかんべ。早く楽になるように音楽でも聞かせてやる」

呪いのような言葉を吐き掛けて、昭男はまたのこぎりを動かす。里子は涙を流しながら布団をかぶり、その奥から嗚咽を漏らした。

弘子は叫びながら思い切り投げ捨てるように戸を開く。そのまま怒りを込めて昭男に突進した。

だが幼い体がぶつかったところで、大人の男は動じない。次の瞬間、昭男の両手が襲い掛かってくる。畳に転ばされたのは弘子の方だった。

昭男は憎らしそうに弘子をにらみ付けてから、ほうきを持ってきて散らばる木くずを掃いた。自分の行いを政江に知られないためだろう。すっかり痕跡を消すと、平然とした顔で自室に戻っていった。

弘子は里子に駆け寄る。

「もう大丈夫だ。やっつけてやった」

なぐさめながら背中をさすると、里子は歯を食いしばり、大きな目からまた涙をこぼした。

「弘子。大きくなったら、あんな男と結婚するんじゃないよ」

分け隔てなく厚意を持って接してきた里子が束の間、嫌悪をさらけ出した。

「おばちゃんが、ずっと見守っててあげるからね」

その声はひどくか細かった。

あれは今日が初めてなのかと尋ねた。弘子に対してもそうだったように、家の食べ物を取られるのが気に入らなかったのかもしれない。里子からはだんだんひどくなっていると返ってきた。政江には秘密にしているらしい。里子は昔から母親の苦労を、昭男との衝突をずっと見てきたのだろう。大人になって楽をさせたかったのに、看病される身になってしまった。これ以上、余計な心配もけんかもさせたくないという。それを聞いて弘子は、先ほどの出来事をざわつく胸に閉じ込めた。

「白血病には、アオガエルがよく効くんだってよ」

政江がどこかで聞き付けてきたようだ。オタマジャクシから姿を変えたばかりの小さいものが特に良いという。母は首をかしげていたが、政江は「漢方薬だ」と意気込み出掛ける。弘子も望みがあるならと付いていった。

政江と二人で草むらに目を凝らしながら、弘子は迷っていた。

「おばあちゃん、あのね」

言いかけて引っ込める。当然、何かを察した政江が続けるよう促してきた。親を困らせたくないという里子の気持ちはよくわかる。弘子も同じだ。だが、あの残虐な行為を目撃して黙り通すことはできなかった。

「弘子、帰るぞ」

全てを聞いた政江に、弘子は手をつかまれる。そのまま走るような速さで引っ張られた。家が見えてきたところで、ここで待つよう言われる。政江は足音を消してそっと玄関に近づいた。間もなく、中から政江の怒号が聞こえてきた。弘子は急いで母を呼びに長屋へ走る。二人で里子の部屋に駆け込むと、政江と昭男が大声でののしり合っていた。やはり畳には丸太とのこぎりが転がっている。

母も加勢した言い争いの末に、政江が泣き崩れた。母も里子もくしゃくしゃになった顔をぬらしている。

——わたしがおばちゃんとの秘密を守っていれば。

罪悪感に胸を刺されて、弘子はその場の誰よりも涙を流す。自分が最も苦しまなければ許されないような気がした。

ただ一人、昭男だけが冷ややかな笑みを浮かべている。皮肉めいたせりふを吐き捨てて、昭男は部屋を去っていった。

それから弘子は、来る日も来る日も草むらへ出掛けた。

「本当にこんなもので治るのかしらね」

里子は生きたアオガエルを指でつまむと、オブラートに包んで舌へ乗せた。やつれた顔をわずかにゆがめて、ぐっと飲み込む。その痛々しい姿に、弘子は励ましの言葉を送り続けた。

発症から３カ月が経ったころ、いつものように政江の家で母の仕事が終わるのを待っていると、里子から「頼み事がある」と枕元に呼ばれた。

「いつもの食堂に、うちまで持ってきてくださいってお願いしてきてくれる？」

あんみつ四つ分だと金を渡された。なぜ四つなのかと弘子は疑問を口にする。里子と政江、弘子、もう一つは母へのお土産だろうか。

「昭男さんのよ」

里子はかすかな笑みを作る。

「どうして」

弘子は不満を隠さなかった。

「おいしいものは、みんなで」

優しい笑顔のまま里子は答えた。

あんみつはすぐに届いた。昭男は茶の間で独り黙々と食べ始める。一方で闘病の部屋はたちまち華やぎ、明るい話し声に満ちていった。

「喉の奥が鳴るほどうまい」

里子はスプーンを口に運ぶたび、かつてのようにうっとりと目を細める。まぶたの裏には、いつか三人並んで食事をした光景が映っていたのだろう。

「早く良くなって、お母様にまだまだ孝行したい」

数日後、里子は静かに息を引き取った。

先に亡くなった姉と同じ28歳だった。

第5幕　色街キッド

近づいてきた大人を警戒する癖が、そうね、かなり小さいころからあった。

お父さんが亡くなった時、お母さんはまだ23歳だったでしょう。だからしばらくはあちこちから縁談があったの。どこかへ後妻に入るとなったら、わたしは芸者置屋に売られる。それを待ってる女将さんもたくさん居たから。わたしを養女に欲しいと言ってくる呉服屋さんもあったしね。だから大人を見るたびに「自分をどうするつもりだろう」っておびえてた。わたしをお母さんから引き離すんじゃないかって。持ち掛けられた話を聞いているお母さんの横顔も、恐る恐る観察してね。一番怖いのは、お母さんがわたしを要らないって思うことだから。

かわいげのない子どもだったよ。いつも大人の顔色をうかがって、笑わなきゃいけない時にはにっこり表情を作って、相手の気に障るような言動はしないよう常に注意を払って、一定の距離を保つようにして。

でも、おばちゃんたちに対しては違ったかな。お母さんの姉たち。とめ子おばちゃんとか、里子おばちゃんとかね。わたしをどこかにやったりしない、ただひたすらかわいがってくれる大人だから。

それからおばあちゃんの政江さんね。みんないつだって味方をしてくれた。だから、その人たちには心から甘えられたの。

（取材手帳より）

＊

5歳になって直面した伯母の死は、父や妹のそれよりも弘子に生々しい喪失感を与えた。皮肉ではあるが、成長の証なのだろう。周りを見回せば、悲しみに耐えながら日々を送っている人ばかりだと気付かされた。

その夫婦がやって来たのは、弘子と母が長屋に越して少し経ったころだった。終戦後に満洲から引き揚げてきたという。ここを借りて店を始めるそうだ。

長屋の形はやや変わっていて、基本的には六畳間に玄関の付いたものがいくつか並んでいるのだが、弘子たちが住む右端だけは、扉を開けるとそれぞれ広さの違う部屋が三つある。夫婦が店を出すのは反対側の左端で、そこは2階建てという構造になっていた。

どんな店にするのかと尋ねると、夫婦は弘子に「ジャズ喫茶」だと教えてくれた。

店のママは、年が近いこともあってか母と気が合ったらしい。まるで昔からの友人のように仲を深めると、やがて悲惨な身の上を打ち明けた。

彼女は長野県の寒村に生まれたそうだ。親は農民で、自分の田畑を持たずに日雇いで働いていた。貧しさのあまりその日に食べるものすら手に入らず、口減らしのため彼女は5歳で奉公に出る。さらに9歳になると東京へやられた。遊女の見習いとして金に換えられたのだ。

幼い胸に「いつか誰よりも売れてぜいたくを味わい尽くしてやる」と野心を燃やしたという。あかぎれで痛むこぶしを握り、故郷の深雪に耐えるよりも歯を食いしばって、やがて美しさともてなしのうまさを兼ね備える、妓楼で一番の遊女に成り上がった。

ある時、彼女は満洲への移転を命じられる。向こうに駐留する日本軍の将校たちを相手にするためだ。そこで彼女にすっかり入れ込んだのが、赤湯出身の陸軍少佐だった。

どちらも一緒になりたいと望んだが、娼妓は客との恋を固く禁じられていた。少佐の実家も「せっかく立派に育てたのに」と結婚を許さない。少佐は気持ちを抑え切れず、親との絶縁を決心すると、金を積んで彼女を身請けした。二人の間に子が生まれたのは、昭和14年3月のことだったという。

信子《のぶこ》と名づけた娘が6歳になった夏、日本は敗戦した。母国へと引き揚げる船で感染症が発生し、亡くなった人から海へ捨てられる。これ以上の蔓延を防ぐためらしい。病におびえ空腹をこらえる中、信子に異変が起こった。

間もなく娘の体は海に投げ込まれた。夜の冷たい波しぶきを頬に受けて、夫婦で泣き崩れたという。失意に暮れながら日本に着き、父母を訪ねに長野へ向かう。すでに家は跡形もなく、雑木林に変わっていたそうだ。

村の人に案内してもらい、両親の眠る土に野花を挿して故郷を後にした。夫の友人が、商売をするのにいい場所を紹介すると言っているらしい。そこが、弘子たちの住む長屋だった。

ママは弘子に亡くなった信子の面影を見たという。まるで我が娘のようなかわいがりようで、客が来る前ならと店に遊びに行くことも許してくれた。

長屋には各部屋の玄関前に接する長い廊下がある。弘子はそこを通り、住人たちが共同で使う便所や台所の脇を擦り抜けて、店をのぞきに行った。

中は住まいを少し改装しただけの簡素な造りだったが、喫茶店らしからぬ派手な装いをしていた。店の名は「キング」といって、ママたち夫婦以外にも若い女性が数人働いているようだ。東京から移ってきたのだという。彼女たちは「姐さん」と呼ばれていて、店の隣の六畳間に住んでいるらしい。

パーマで髪をうねらせた姐さんたちは、夜ごとまぶたに青色を飾った。縦の線がたくさん入った薄手のスカートが、身のこなしに合わせてふわっと膨らむ。弘子はいつもそのあでやかさに見とれた。2階への階段も視界に入ったが、そこだけはママに「上がってはいけない」と言い付けられていた。

日が落ちると、決まって進駐軍のジープが「キング」の前に止まった。弘子は自分の部屋に戻る約束だったが、扉の隙間からこっそり中をのぞいてみることもしばしばだった。米兵たちはまずウイスキーの水割りで体をほぐしてから、流れるジャズに合わせ姐さんたちと踊る。弘子も見よう見まねで手足を動かしてみた。浪之丞一座での特訓が役に立ったのかもしれない。母の帰りを待つ夜はつらいことが多かったが、この瞬間は悲しさとも孤独とも無縁だった。

進駐軍が入り浸っているからか、この辺りの大人たちや温泉客はキングに寄り付かなかった。そしてママが「ジャズ喫茶」と教えてくれた店を、彼らはそう呼ばなかった。

「オジョウチャン、トランプシナイ？」

ある日、店の奥にある和室でママと遊んでいると、進駐軍の服を着た男が声を掛けてきた。見覚えがある。いつも店に三人連れでやって来て、その中でもひときわ背の高い男だ。彼は名を「ジョン」といった。

他の男たちは姐さんと踊るのに夢中になっていたが、なぜかジョンだけは弘子に興味を持ったらしい。簡単な日本語は話せるようで、それ以外はママが通訳をしてくれた。すぐに打ち解け、互いに「おじちゃん」「ヒロチャン」と呼び合う仲になる。弘子が戦争で父を亡くしたと知ると、ジョンは心の扉をもう一枚開けたのか、顔つきをさらに柔らかくした。

戦争が終わってすぐのころは、彼らがやって来れば男子は虐殺され、婦女は暴行されると恐れられていた。確かに教科書の焼却や武器の没収など、占領する者の力を誇示される場面はあった。だがうわさから想像していた姿より、はるかに彼らは友好的だ。赤湯の学校を宿舎にしていた時も、職員室にひょっこり現れ黒板に名前を書いて自己紹介をしたり、米軍と教員とでバスケットボールに興じたりなど、和やかな交流があったという。

ある晴れた日に、野原でジョンが肩車をしてくれた。途端にいつもの景色が違って見える。ジョンはたくましい筋肉で弘子の体を支えながら駆けた。いつか父にも同じことをしてもらったのかもしれない。だがその記憶は残っていなかった。

死んだ里子と同じように、ジョンが弘子の内面を見抜いたことがある。

——大人の顔色をうかがうような目で生きちゃだめだ。

実際は継ぎはぎでぎこちない日本語だったが、弘子の胸にはそう響いた。とは言われても、母を困らせてはいけないという思いは剥がれない。ただ、ママとの約束は破ることになった。

ある日の朝だった。近づくのを禁じられていた階段へ足を乗せる。そうさせたのは、頭上から漏れてくる楽しげな気配だ。鼓動を徐々に高鳴らせながら一つずつ上っていった。

2階に着いて弘子が目にしたのは、畳の上で姐さんたちがもがいている姿だった。よく見ると、並べられたネックレスやスカーフを拾おうと手を伸ばしているらしい。甲高い声で騒ぎながら奪い合うさまに、夜の華麗さはない。勝ち取った者は戦利品を胸に抱き寄せると、うれしそうに何やら英語を口にした。

部屋には彼女たちを見下ろすように数人の男が立っていて、喜びの声はそちらに向けて発せられている。いつも店にやって来る進駐軍だ。中の一人が弘子に気付いて声を掛けてきた。

「オオ、カワイイヒロチャン。オイデ」

ジョンだった。彼は持っていた麻袋に腕を突っ込むと、チョコレートやガム、キャラメルを次々と出し、紙袋に詰めて弘子に手渡してきた。

「サンキユウ、ジョン」

姐さんたちがしていたしぐさに倣って、弘子は片方の肩をちょっと上げて片目を閉じる。

「ヒロチャン、オリコウサン」

ジョンは笑顔で両腕を大きく広げ、肩を弾ませてみせた。

ふと外のにぎやかさが耳に入ってくる。窓を開けて下を見ると、アメリカ兵の存在を嗅ぎ付けた近所の子どもたちが群がっていた。彼らはこちらに手を差し出して「ハングリー」と連呼する。ジョンたちがチョコレートやガムを放ると、ここでもたちまち取り合いが始まった。

弘子には、それが何だか楽しそうに思えた。もらったばかりの紙袋の中身をつかみ、ジョンをまねて投げてみる。地面に落ちたチョコレートやガムを、後頭部をさらしながら必死に拾っているのは、普段から弘子を「よそ者」とからかう少年たちだ。かすかな優越感にくすぐられながら、弘子は次々と菓子をまいてやった。

その後も弘子はジョンから、ココアやカステラ、ビスケットなど、他の子たちの口には入らない珍しい物をたくさんもらった。母にも食べさせようと持ち帰ると、母は「進駐軍からの施しは受けない」と一切を拒んだ。それだけでなく、弘子がジョンと遊ぶのも嫌がっているらしい。弘子には理由がわからなかった。

ある日の昼ごろ、弘子は部屋でかすかなラッパの音を耳にしていた。最近はそれがすっかり当たり前になっている。農村部に復員してきた男が吹いているそうだ。かつてラッパ部隊に所属し演奏の技を磨いてきた彼は、戦地でどのような経験をしたのか正気を失って帰郷してきたという。以来、早朝と昼時と就寝前に決まってラッパを鳴らしている。腕は衰えていないらしく、その音色は遠くまで届いた。

ふと、表通りから怒鳴り声が聞こえてきた。外をのぞくと近所の中年婦人が、キングで働く姐さんの一人「リリー」に鋭い眼光を浴びせている。

「進駐軍の情婦《いろ》のくせして、お高く止まってんじゃないよ」

婦人はリリーを「パンパン」とさげすんだ。

リリーの反撃はすさまじい。

「大したこともない亭主と一緒になってさ。悔しかったら口紅くらい買ってもらうんだね。あたいはこの身一つで稼いでるんだ」

東京から来ているだけあって、向こうの言葉で歯切れよくたんかを切った。

「このパン助。子どもの教育に悪いんだよ。進駐軍と一緒に出ていけ」

「教育に悪いって？　子どもに『ハングリー』させといてさ」

何事かと徐々に人が集まってくる。だが、いさかいにまで関わりたくはないのか、遠巻きに眺めているだけで誰も制止しようとしなかった。また群衆の中に法華経の信者が居たらしく、騒ぎのさなか太鼓をけたたましく打ち鳴らすので、あおられるように二人の罵声も激しさを増していった。
弘子は店へ駆ける。半ば叫んでママを呼び出し、再び現場に戻ると、取っ組み合いが始まって
いた。リリーの肌着はびりびりに破れ、相手の髪の毛はすっかり乱れている。ママが仲裁に入っ
た時には二人とも肩で息をしていた。
キングは１階で酒を振る舞い、２階では売春をさせる店だった。どちらでも同じ姐さんが働い
ている。ママが赤湯で開業するに当たり、東京からかつての仲間を連れてきたのだろう。弘子に
階段を上らぬよう言い付けたのは、そういった事情があってのことだった。先ほどのけんかも、
２階での商売が原因だそうだ。
――私たちにアメリカの悪い病気がうつる。
共同浴場を利用したリリーを、婦人がそうののしったという。みんなの風呂に入ってくるなと
いうことらしい。しかしリリーもそれでしおれる程度の覚悟で生きているわけではないのだろう。
程なく弘子は、母がなぜジョンを遠ざけているのかも知った。
「この店にケチを付けるんじゃないけどさ」
店の奥にある和室でママと茶を飲んでいる時に、母は胸の内をこぼしだした。
「アメちゃんのそばに弘子を近づけたくないの」
弘子がいろいろともらってくるのも、できればなくしたいと話す。

ママは、物不足なのだからとなだめようとした。

「夫を殺した敵国なのよ」

母は憎らしげに返した。

ママも怒りを秘めてはいるのだろう。戦争さえなければ娘は死んでいなかったという気持ちもあるはずだ。大人たちのため息が、弘子の髪の毛をかすめる。ママは「生きていかなきゃ」の一言に自らの葛藤をはみ出させた。

そこに、ちょうどジョンがやって来た。

「オオ、ヒロチャンママ」

ジョンは通訳にママを挟み、母に「何か必要なものはないか」と英語で尋ねてきた。

母は顔いっぱいに不快感を表す。直後、普段は口にしない荒っぽい言葉を吐いた。

「お前らをぶっ殺す出刃包丁でも欲しいもんだね」

弘子とママは一瞬で凍り付いた。片や、ジョンは笑顔で通訳を待っている。幸い、最も物騒な単語の意味は理解していないらしい。ママはあたふたしながら自分の頬をなでてみせ、「顔そりが欲しいんだって」と取り繕った。

後日、ジョンは本当に母への贈り物を持参してきた。ずっしりと重みのある最高級の西洋カミソリ、刃を研ぐための革砥《かわと》まで付いている。アメリカ兵からの施しを嫌う母も、こうなっては受け取る他なかった。

「サンキュウ、ベリイ、マッチ」

喜ぶわけにはいかず、かといって親切をないがしろにもできなかったのだろう。複雑な心情を含んだ、あまりにぎこちない礼だった。

母にカミソリを渡し終えたジョンは、そのたくましい腕で弘子を抱き上げる。勇吉が生きていれば、これが日常の光景だったのかもしれない。途端に母が声を漏らし泣きだした。

ジョンは弘子を片方の腕で支えたまま、母の肩にもう一方の手を回す。

「ワタシノカゾクモ、カエリ、マッテル」

弘子には、ジョンの青い瞳が潤んだように見えた。

第6幕　母を慕いて

昔は保育園に子どもを入れられる人なんて、この辺りじゃ「だんなし」って呼ばれるお金持ちしか居なかったらしいの。通ってる時は知らなかったけどね。

今と違って補助がないから、かかる費用はみんな自分で払わなきゃいけなかったんだって。でもね、わたしが5歳の時は貧乏のどん底よ。どうして入園させたのかって不思議でね。だいぶ後になってだけど、母に聞いてみたの。何て返ってきたと思う？　勘違いだって。

母は栃木が長かったでしょう。関東の方では小学校に入る1年前になると、必ず保育園か幼稚園のどっちかに預けるものだったんだって。集団生活に慣らすためなのかね。とにかく、母はこっちでもそういうものだと思い込んでたらしいの。

だからといってお金なんてないでしょう。ただあの時は、まだお父さんの遺した品物がまだ残ってたから。「困ったらこれを売れ」って巾着袋に入った象牙の根付《ねつけ》もあってね。それがいい値で売れたみたい。

わたしと同い年くらいの知り合いが小さいころね、親と手をつなぎながら保育園の前を通り掛かったんだって。ちょうどオルガンに合わせて歌う声が聞こえてきたものだから「カアちゃん、オレもここさ通いだい」って指を差したらしいの。

指を差しただけ、指を差しただけよ。「このばか野郎」って怒鳴られてげんこつが飛んできたって。「畑で遊んでろ」って。

それだけ大変な所に、お母さんは勘違いで通わせてたのね。しかも2年もよ。


（取材手帳より）

*

始業の時間が近づくと「小使い」と呼ばれる雑用係が鐘を打ち鳴らす。児童は皆、それに遅れないようにと校門を抜けていった。

赤湯に小学校は一つしかない。中心部から離れた農村には、1時間半かけて歩いてくる子も居るという。弘子の場合は全く逆だ。長屋のすぐ目の前が学校なので、鐘が聞こえてから出ればいい。入学以来ずっとそうしていた。

夜中に仕事が終わる母は、朝遅くまで寝ている。だから登校を急かされることはなかった。ただ弁当の用意が間に合わないので、昼休みに渡せるようにと作ってくれた。いつも校庭でブランコに乗っている男の子が、家から出てきた母を見つけると「持っていってあげる」と駆け寄ってくるそうだ。目の悪い母は助かっただろう。

彼は知能に障害を持っている上に、家がひどく貧しいらしい。昼休みが始まってすぐに独り校庭で遊んでいるのもそのためかもしれない。事情を知る母はお礼にと、彼に弘子の弁当を分けてあげたり、時には彼のために作った弁当を持っていってあげたりしたという。

だが弘子たちの暮らしにも余裕などなかった。

——明日にも食べる物がなくなる。

ある晩、寒風が吹き込む屋根の下で母はぽつりと不安をこぼした。

按摩の仕事は水物で、全くお声が掛からずに終わることもある。そういう日を「お茶っ引き」と呼ぶらしい。知り合いを回るところから始めた商売は、少しずつだが旅館の宿泊客から出張を求められることが増えてきたものの、お茶っ引きも珍しくない。さらにそれが続くとなれば、生活費などあっという間に底を突いてしまう。

貧しい弘子たちをよそに、温泉街は今夜もにぎやかだ。旅館からは三味線や太鼓の音が響き、居酒屋の軒先では提灯が赤々と光る。通りではお座敷へと向かう芸者たちが下駄を鳴らし、それに交じってギターを抱えた「流し」が、酔客の財布を当てにうろついた。

「そうだ。流しの踊りをやろう」

弘子は思い付きをそのまま口にした。自分には舞台での経験があるし、母には持ち前の美声がある。

母はすぐに腰を上げた。不自由な目を凝らして弘子の髪を結い、浪之丞にもらったおしろいで水化粧をすると、同じく一座から弘子への贈り物である振袖で支度を整えた。

酔っ払いが増える8時ごろを見計らい、夜の街へ忍び込む。まずは知り合いの呉服屋を訪ねてみよう。雪に頬をはたかれながら、母が何かにつまずいたりぶつかったりしないよう注意を払いつつ、手をつないで歩く。目の前を、可憐なつまみかんざしを挿した半玉たちが横切っていった。

「1曲、踊りと唄はいかがでしょうか」

呉服屋の玄関から、母は恐る恐るといった小声で尋ねた。

狙い通り、大旦那が晩酌を楽しんでいるところらしい。玄関で迎えた大女将は、弘子たちの佇まいで事情を悟ったのだろう。快く茶の間へ招いてくれた。

奥の部屋から、子どもたちのはしゃぐ声が漏れてくる。大女将の孫たちが遊んでいるのだという。ふすまで仕切られた境遇の違いを感じながら弘子は踊り、続いて母が民謡を披露した。

それから菓子や茶を振る舞われ、母が金を受け取った。

「按摩の仕事もそのうちうまくいくさ。元気出しな」

大女将の励ましを懐にしまい、また母の手を取って長屋までの雪道をたどった。

「これで数日は食べていける」

ほほ笑みを見上げて弘子は安堵する。

間もなく、母の手からかすかな震えが伝わってきた。

三浦屋から按摩のお呼びが掛かるのは、母はもちろん弘子にとってもうれしいことだった。ここの女将は家族を亡くした身の上に同情し「うちに来るときくらいは」と弘子の同伴を許してくれていたのだ。

夜の留守番をしなくていい。弘子は上機嫌で家を出た。街の路地裏に入るとドブがあり、廃湯と下水の混じった悪臭を放っている。橋代わりの板を渡らなければならない。弘子は母の前に立ち、落ちないようにと手を引いた。

日当たりの悪い突き当たりに、芸者置屋「三浦屋」は細長い格好で立っている。母が女将の体をもんでいる間、弘子はそのそばで家から持ってきた子ども向けの雑誌を読んで過ごした。昭和23年に創刊された『少女』には、母を病気で亡くした女の子を描く小説や、長谷川町子の漫画などが連載され、季節ごとに洋服の着こなし方も紹介されている。弘子は、お座敷へ向かう芸者たちが残してゆくおしろいの香りに鼻をくすぐられながら、静かに雑誌をめくった。

ふと誰かが玄関先で傘を振っているような音が耳に入ってくる。ずいぶん荒っぽい。だらしなく廊下が踏み鳴らされて、間もなく酒の臭いが部屋の空気を濁らせた。

「ただいま戻り、ま、し、た」

機嫌の悪さを隠さずに入ってきたのは、芸者の小波《こなみ》だった。

年は20代半ばに差し掛かるころか。頬が丸く張り出し、首から下にも肉が付いていて、容姿で売るには難がありそうに見えた。

「カアさん、あたしばっかり1本でさ」

まだ夜の9時で、温泉街が明かりを消すには早い。小波は抱えていた三味線を畳に転がす。

「小梅姐さんたちは2本だって」

愚痴っぽくこぼすと、小波は頬をますます膨らませた。

女将はふかふかの布団に横たわり、目を閉じて母の施術を恍惚とした顔で味わっている。

「いいじゃないか、お茶っ引きにならないだけさ」

慣れた口ぶりであしらい「ふふふ」と小さく笑った。

小波は足を斜めに放り出して長火鉢の横に座ると、女将のなぐさめを待ってか、炉に灰ならしを遊ばせる。だが女将はすでに彼女とのやりとりを終えていたようだ。

「弘《ひろ》ちゃんはいつもおとなしいねえ」

音一つ立てず少女雑誌を読みふける弘子の方に、女将が話し掛けてきた。弘子より先に母が応答する。

「すみません。いつもお言葉に甘えてしまってねエ」

語尾の「エ」を少し持ち上げる発音は、母が栃木で育った名残だった。

母は女将の背中に向かって、いかにも申し訳なさそうに深く頭を下げる。そんな姿を視界の端に置いた弘子の胸に、何か言い知れぬみじめさが広がった。

そこに、お座敷を終えた細身の太鼓持ちが帰ってきた。太鼓持ちとは「男芸者」とも呼ばれ、客の機嫌を取って酒宴を盛り上げる人だ。芸者同士のいざこざを収める役割もあるそうなので、場の険悪さをすぐに察知したのだろう。彼はおどけた振る舞いで部屋の雰囲気を和ませにかかる。小波の膨れっ面がたちまち愉快そうな笑顔に変わった。

「お前はやっぱり『枕』の方がいいのかねえ」

小波の明るい声に何かを感じてか、女将がぽつりとつぶやいた。

弘子には女将の言う「枕」の意味がわからない。小波を振り向くと、彼女は気だるげに髪をかき上げて大きなため息をついた。

「稼ぎになるんだったら、……別に構わないけど」

小波はいかにも酔いが回った様子でふらりと立つ。

「カアさん、本当はこの子が欲しいと思ってるんじゃない?」

上等な布団でくつろぐ女将に小波が問い掛ける。彼女の視線は女将から母、そして弘子へと移ってきた。

「芸者はいいよ。芸者になりな。きれいなべべ着て、うまい酒飲んでさ」

小波は流行歌『ヤットン節』を口ずさみつつ、畳に寝かしたままだった三味線を拾い上げた。

「はいはい、よおくわかりましたよ。『小波姐さん、枕の出番です』ってか」

捨てるように笑いながら、もつれる足取りで奥へと去ってゆく。あでやかに着飾った後ろ姿が、その帯にどこかはかなさを宿していた。

母の按摩は続いている。

「弘ちゃん、気にしないでね」

女将が目を閉じたまま言う。しばらくして雑用係を呼ぶと、売れっ子のお供をしてくるよう命じ出掛けさせた。そろそろ今のお座敷が終わり、次の旅館へ移動する頃合いだという。芸者も一流となると、三味線持ちを従えるそうだ。

雑用係は、紫色の番傘を差して雨の向こうへ走っていった。弘子はふと、先ほど傘も三味線も独り携えて帰ってきた小波の姿を思い出した。


母は腕が良いのだろう。按摩に呼ばれる日は順調に増えていった。

電話を持つ家庭など赤湯にはほとんどなく、弘子たちも例外ではない。長屋の向かいに塩の小売所があって、親切から代わりに電話を受けてくれていた。「旅館からだよ」と声が掛かるのは、弘子にとっては夜の留守番が始まる合図だった。

孤独を紛らわしてくれていた蓄音機もレコードも、すでになくなっている。母が年末に「餅米を買うため」と荷車に乗せどこかへ持っていってしまったのだ。餅のない正月など弘子はいくらでもがまんできたが、母はそう考えなかったのだろう。

父が収集していたレコードの中には、浪之丞一座がいつも幕間に流していた『祇園小唄』もあった。それをかけるたびに舞台で浴びた喝采や、袖で抱き締めてくれた祖母の温かさが鮮やかによみがえったものだが、今や少しずつ遠くなっていく記憶に頼るしかない。

夜が深まるにつれて、街は酔客たちの熱気に満ちてゆく。弘子は壁から漏れてくる喧騒におびえながら、心細さに耐えた。

やがて母に特別な男ができた。東京にある電機会社の社長だそうだ。東北にいくつも支社を持っていて、こちらへ出張してきた際にいつも泊まる旅館で按摩を頼んだ。それで部屋を訪ねたのが母だったという。

「あなたを育てるために必要な人」

母は男のことを弘子にそう説明した。つまりは愛人関係だろう。

男の定宿は長屋に変わった。母は送られてくる電報で男が来る日を知ると、仕事を休みにして手料理の用意に励んだ。出掛けもしないのに化粧をしてよそ行きの着物に身を包み、男の到着をそわそわしながら待っている。この時、母は「角田禮子《かくたれいこ》」という女になった。

弘子も「おじさん、おじさん」と親しげに接するようにした。母がわたしを育てるためだと言うのなら、反抗めいた態度をちらつかせてはいけない。母を守るのだと決めてから、選ぶべき振る舞いは心得たつもりだった。

男が泊まる夜、弘子は自分の部屋として与えられた三畳間にこもり、内側からつっかい棒で戸締まりをした。隣の物音から注意をそらすため雑誌を開く。いろいろな読み物や絵が並ぶ中で、弘子の目を引き付けるのは「美空ひばり」の写真だった。

「幼い子が大人向けの恋愛歌を歌いこなす」と話題を集めデビューした彼女は、女優として映画にも起用され、わずか12歳で主演を果たしていた。さほど自分と年の違わないスターの姿に弘子は胸をときめかせながら、ひばりがほほ笑む写真を丁寧に切り抜き帳面に貼り付けてゆく。

――あんたもまだ若いんだしさ。身を軽くして、自分の幸せを考えてもいいと思うんだよ。

いつか分春本《わけはるもと》の女将が母を説得していた光景が頭をよぎる。

帳面は押し殺した不安の分だけ厚くなっていった。

ある日、母が弘子の顔を見るなり泣きだした。男とうまくいかなくなったのだろうか。にわかに喜びめいた感情が湧く。だが母の口元はほころんでいた。

「こんな大金、初めてよ」

男が母の名義で定期預金口座を開いたのだそうだ。すでに3万円が記帳されている。母は泥棒に狙われぬようにと弘子に口止めをして、通帳を押し入れの奥にしまい込んだ。

「お金があると思うと落ち着かないエ。眠れないわ」

母が興奮気味にため息をつく。

弘子は、父と千恵子の位牌の方へ視線をそらした。

朝を迎えた温泉街は、雨でもないのに地面がぽつぽつとぬれる。旅館や置屋が竹竿につるした、おびただしい数の白足袋《たび》がしずくを落とすからだ。そんな歓楽の跡を踏みながら、三浦屋の小波がたまに長屋を訪ねてきた。

彼女は母より三つほど年齢が下らしい。だから母に対して、姉のような親しみを感じていたのかもしれない。女将に「枕」をほのめかされ、半ば投げやりに応じたものの、本当にそちらへ転ぶべきなのか悩んでいるという。

「私だったら芸を取る。芸は一生ものよ」

母は相談を受けるたびにそう返した。

伯母のとめ子もまた、人生の分かれ道に居た。彼女はかつて陸軍大将から温情を受けた東京の高級料亭で終戦後も働き続け、年を重ねるごとにその美貌を磨いていった。誰もが彼女に見とれるほどだったらしい。

やがてとめ子に縁談が持ち込まれた。相手は偶然にも米沢市に住む人だそうだ。上杉家に仕えた武士の血筋で、税理士として働いているという。

「そのような立派な家にはとても」

務めを果たす自信がないと申し出を断った。

だが相手はとめ子にすっかりほれ込んでいる。数カ月にわたって何度も求婚され、その度に辞退しても折れず、ついにとめ子は彼の望みを受け入れた。

夫の実家で同居することになり、とめ子が山形に帰ってきた。弘子が遊びに訪ねていくと、確かにその屋敷は武家の造りをしていた。他より一つ高い「上段の間」には鎧や兜、槍などがいかめしく飾られてある。とめ子の夫もいかにも裕福そうな気品を放っていた。

だが内実は過酷だったらしい。義父母は昔からの習わしを受け継いでいるのか、嫁は家族にあらずとばかりに粗雑な扱いをした。朝から夜まで女中のようにこき使い、仕事の出来にわずかな妥協も許さない。とめ子の居場所は台所の隅にしかなく、食事は皆が済ませた後の残飯と決まっていた。

夫は確かに税理士の肩書を掲げてはいた。だが「さっぱり仕事がない」と嘆くばかりで稼ごうとしない。家計は豊かどころか常に苦しく、当然、小遣いなど与えられない。とめ子は私物を売り払い、何とか生活を維持したという。

夫からのいたわりすらない毎日で、腹に宿った命が支えだった。この子が生まれればきっと良い方に変わる。もし家族からの冷遇はそのままでも、我が子だけは自分を必要としてくれるだろう。

やがてとめ子は双子の男の子を産んだ。だが彼女に与えられた親子の触れ合いは束の間だった。粗末な食事のせいだろうか。栄養失調による未熟児で、数時間後にどちらも亡くなった。

「元気な跡取りも産めないなんて、情けない」

義母はそうののしったそうだ。

いびりはさらにひどくなる。夫はかばってくれない。

もはや耐えられる限界を超えていた。とめ子は嫁入り道具を残したまま、身一つで家を出た。

しかし近くに頼れる当てはない。結婚を喜んでくれた母の元に帰るわけにもいかない。夜更けの街をぼんやりとふらついていると、声を掛けてくる人が居た。

見るからに高級な身なりをした女性だった。この街で一、二を争うほど繁盛している料亭の女将だという。とめ子の姿から何かを察したのだろう。女将は事情を聞こうと店へ招いてきた。

親身になって耳を傾けてくれる女将に、とめ子は家出のいきさつを打ち明けた。

「行く所がないなら、うちで働くかい」

住み込みの仕事を与えてくれるという。迷う理由はなかった。

それは不思議な構えの店で、背中合わせをするように玄関が二つあった。一方が勝手口というわけではない。両方とも正面と言われれば信じてしまうくらいの趣を備えていた。

「うちはね、実は表と裏があるんだよ」

人手はどちらも不足しているという。

希望を尋ねられ、とめ子は「表の仲居」を選ぶ。

「裏の稼ぎは多いよ。あなたなら客が付くと思うけどね」

女将は食い下がったが、なびかないのを感じ取ってか、とめ子の意思に従った。

東京でしっかり仕込まれたおかげだろう。とめ子の抜きん出た気配りで、彼女を指名して足を運ぶ客が増える。料亭はさらに繁盛し、女将のとめ子に対する扱いもますます手厚くなっていった。夫との離婚も正式な手続きを済ませて、あとは前へ進むばかりだった。

弘子が様子を見に訪ねていくたび、伯母は細い体に白い前垂れを着けてせわしなく階段を上り下りしていた。弘子はそれを黒光りする大黒柱にもたれて眺める。板場から漂う料理の匂いに鼻をくすぐられ、どこかの座敷から漏れてくる芸者の三味線の音色に胸を躍らせた。酔った客たちの喧騒すら、この時は好ましく感じられた。

「ちょっとおいで」

ある日、帳場から女将の声がした。子どもは入らぬよういつも言われていたが、呼ばれたのでのぞいてみる。女将は長火鉢と神棚に前後から挟まれるように座っていて、そばには見たことのない母娘らしき姿があった。

娘は弘子よりもいくつか年上だろうか。母親の方はよく整った顔をしている。だがその表情はどうしてか張り詰めていた。

女将は母親にいったん目をやってから、視線を弘子に向けてきた。

「今から、この方と大事な話があるの」

それが終わるまで、子どもたち同士で遊んでいるようにとのことだった。「店の外で」と促されたので、近くにある神社で迎えを待つことにした。

こぢんまりとした境内で互いに自己紹介をする。彼女は「順子」と名乗った。

「小学４年生。東京から来たの」

内気な性格なのだろう。声色や間の取り方に表れていた。それが、ただでさえ大人びた順子の雰囲気をより強調した。

「わたしは弘子。小学1年生」

赤湯に住んでいると話すと、順子は伏せていた目を弘子に向け輝かせた。

「あら、わたしのおばあちゃまも赤湯よ」

それをきっかけに、少しずつ打ち解けてゆく。やがて弘子は、彼女の痛ましい身の上を知らされることになった。

かつて順子は、両親と2人の兄姉と共に東京で暮らしていたという。だがある時、空から襲ってきたアメリカ軍が母と順子だけを残して家族をこの世から奪っていった。赤湯に住む祖母を頼ろうと祖開してきたが、祖母の生活も困窮を極め、芸者の三味線持ちをしてやっと食いつないでいるところだった。

助けすら必要な祖母に身を預けるわけにはいかない。母はより良い稼ぎを求めて赤湯を離れ、米沢で住み込みの仕事を探す。見つかったのが、とめ子の拾われた料亭だった。弘子が帳場に呼ばれた時、まさに母は働く約束を交わそうとしていたそうだ。

——お金さえあれば。

順子の母はいつもそう嘆いていたという。

夏休みになり、料亭の離れを宿代わりにしていいと言われ泊まりがけで遊びに出掛けた。順子は店のそばの長屋に住んでいたので、大人が仕事をしている間じゅう一緒に過ごす。夜はそれぞれの部屋に帰り、翌朝、ラジオ体操が始まる前に順子を迎えに行った。

楽しみにしていたはずなのに、彼女の表情には陰りがあった。眠気が理由ではない。それはぱっと見てわかった。

「お母さん、昨日仕事に出たまま帰ってこないの」

順子の目の縁が赤みを帯びていることに弘子は気付いた。

「じゃあ、女将さんに聞いてみよう」

さっき見掛けたと思い出し、順子の手を引いて店へ走る。だが姿はなくなっていた。

――そういえば。

弘子の脳裏にふと、大黒柱にもたれながら眺めていた階段の光景がよみがえる。白い前垂れをして上り下りする仲居たちの中に、順子の母を見つけたことがない。

女将の代わりに弘子たちが頼ったのは、調理場の若い板前だった。

「ああ、裏だろう」

彼は軽い口調で答えた。

初めて聞いた言葉なのか、順子は戸惑ったような顔をする。一方、弘子はこの料亭にある立派な裏玄関の存在を知っていた。

居所を突き止めた興奮が、せわしなく足を動かした。裏の玄関に回ると音を立てて戸を開ける。急いで下駄を脱ぎつつ、中に呼び掛けた。

やがて小部屋の障子が横にずれて、できた隙間の奥に人影をのぞかせた。紅色の長襦袢をまとった若い女だ。順子の母を探していると伝えると、女は「まだお客さんだよ」と返してきた。弘子にはよく理解できなかった。ラジオ体操が始まるこんな早い時間に、どうして客の相手が要るのだろう。

適当に追い払われた気がして諦められなかった。順子と二人で裏玄関の前をうろつく。しばらくして戸が開いた。やっとかと目を向けると、出てきたのは知らない男だった。

男の背を、女の甘ったるい声が追う。

「またね。きっとよ」

媚びるように語尾を伸ばしながら女が現れた。長襦袢の衿はだらしなく広がっていて、白い胸元が朝の光にさらされる。順子の母だった。

遠慮がちに順子が声を掛ける。母親は激しい動揺を一瞬のうちに隠すと、美しい顔に怒りを浮かび上がらせた。

「ばかな子ね。ここに来ちゃだめだといつも言ってるでしょ」

荒々しく叱りつけながら、力のこもった手つきで乱れた衿を直した。

その時になって、弘子も思い出した。

——裏に入っちゃいけないよ。

女将の言い付けだ。順子の母を探すのに熱中するあまり忘れてしまっていた。

順子は上目遣いで母を見つめ、その瞳から次々と涙をこぼした。

安堵も混じったようなか弱い謝罪をする姿に、弘子もちくちくと胸を刺される。自分はきっと、とても悪いことをしたのだ。

「……ごめんなさい、おばさん」

その声は、出たそばから消えていくほどかすかなものだった。

弘子は湧いてくる気持ちを表す言葉を知らない。だが木のささくれに触れるように、幼い肌で大人たちの現実を感じ取っていた。

やがて訪れた小学２年の春、花を散らした桜の木が若々しい葉で空を彩る。

祖母の政江が自ら命を絶った。

第7幕　悲しき口笛

昭男さんって昔はね、ずいぶん男っぷりが良かったらしいのよ。そんな人が奥さんに先立たれて、寒さで震える子どもたちを連れて赤湯に迷い込んできたの。政江ばあちゃんも当時は、似た年の娘を抱えてて、しかも夫は病気に倒れて長くないかもしれない。同情と不安とがちょうど重なって、まあ、そういうことになってしまったのよね。でもね、昭男さんは自分の子や孫たちにはすごく愛情深かったって。だから自分が亡くなる時は息子さんがしっかり世話をしてくれたし、お孫さんたちは今でもおじいちゃんが大好きだったって話してくれるよ。

（取材手帳より）

＊

母は、それが起こる前の日に祖母と話をしたのだという。

最近どうも目のかすみが続くので、政江は病院へ行ったそうだ。医師からは「バセドウ氏病」との診断を受けた。聞き慣れない名前だが、視力に悪い影響を与えるものらしい。帰って昭男に伝えると、ただでさえ無愛想な表情を恐ろしげにゆがめた。

「お前、大変なものにかかったな」

昭男の声色がいっそう暗くなる。

「いずれ目玉が腐って飛び出してな、ぶらぶらと垂れ下がる病気だぞ」

どこで知ったのか、昭男はまことしやかに語った。そのまま医師に聞かせれば、でたらめと一蹴されるだろう。だがずっと心に重荷を負って暮らしてきた政江には深刻に響いたらしい。自分が失明し、眼球の朽ち落ちる行く末を想像したのかもしれない。

政江が死んだ時、弘子は学校に居た。授業中の教室に突然、小使いがやって来て告げられる。

「おばあさんが亡くなった」

ただ走った。政江の家の前にはすでに人垣ができている。数人の警官が、群衆が中に入らぬよう見張っていた。その目を盗み、小さな体をさらにかがめて隙間を抜ける。無心で玄関をくぐり、履物を脱ぎ捨てた。

茶の間にぶら下がっていた。天井に渡された太い梁から縄が垂れ、その先が人の首に巻き付いている。初めて目にした形相は、温かい回想を許さない。弘子は呆然と、人間の舌はこんなに長いものなのだと考えていた。

「子どもが見てはだめだ」

背後から荒々しい声が聞こえて、弘子は警察の制服を着た腕に体をつかまれる。遠ざかりながら視界に映したのは、遺体の下だけ汚れた畳と、隅で背を向けあぐらをかく昭男の姿だった。

「栃木へ戻るよ」

祖母が63年の命を終えてから数日後、母がそうつぶやいた。

しばらく前から栃木の伯父に誘われていたのは知っている。伯父、つまり母にとっての兄は、跡取りとして育てられている途中に目を患い、赤湯から栃木に移った。所帯を持ってからは政江の負担を減らすため、幼い母を引き取って一緒に暮らしてきた過去がある。結婚して赤湯に戻った母が、勇吉と千恵子を亡くし、生活に苦労していることももちろん知っていた。

伯父は、栃木に来れば安定した仕事があると約束してくれていた。母がこれまで応じずにいたのは、赤湯に勇吉と千恵子の墓があるからだろう。親戚の墓地の隅を借り、土を小高く盛り上げただけの粗末なものだが、母をこの地に留めるにはじゅうぶんだったに違いない。

母は伯父に、日光にもっと立派な墓地を用意すると説得を受けたらしい。となれば政江を失った今、ここに居続ける理由はなくなったということだろう。

母の決心を聞いて、弘子は一切ためらわずにうなずいた。いずれそうなる予感はしていた。だから学校でも同級生たちと距離を置いて、いつだって別れられる備えをしてきたのだ。

間もなく遠足がある。弘子が赤湯で最後の思い出を作ったら、ここを出よう。母はそう決めた。

温泉街のすぐ裏にそびえる烏帽子山《えぼしやま》は、置賜《おきたま》盆地を一望させる公園を備えた。それはかつてイザベラ・バードが理想郷だと称賛した風景だ。

公園に立ち並ぶ桜の木は新緑にきらめき、児童たちのざわめきがそれを揺らす。弘子は木の足元で一人、母のこしらえた弁当を広げた。

　おにぎりをかじると、いつか祖母と出掛けた浪之丞一座の公演がよみがえる。持ち寄った重箱を一緒につついて幕開きを待ち、弘子が姿を消せば便槽の奥に叫んでまで捜してくれた。特訓に耐えて出番をこなした後、舞台袖で抱き締めてくれたのも祖母だった。

　空を隠す葉桜の輪郭がぼやける。その時、そばで声がした。

「隣に座ってもいい？」

　きれいにそろえたおかっぱ頭の同級生だ。弘子は彼女の姿を、保育園のころから遠巻きに見て知っていた。「桂子《けいこ》」という名で、親は老舗旅館を経営しているはずだ。

「弘子ちゃんって、いつも一人だね」

　桂子が隣に腰を下ろした。

「言葉が違うから？」

　その質問にはっとした。

　母の発音や言い回しがこの辺りの人と異なっているのは知っている。その母に育てられた自分も似て当然だ。思い返してみれば、保育園でも小学校でも先生から「どこから来たのか」と尋ねられた。

　きっとここに長くは居ない。そう思って人との関わりを深めずにいたが、一方で言葉を理由に周囲から避けられてもいたのかもしれない。

「ここで生まれたのよ。でも、もうすぐ栃木へ引っ越すの」

気付いたところで、弘子の心はすでに赤湯を発っていた。

だが桂子の方は残念そうに横顔を曇らせる。

「わたしも、……いつも一人だ」

彼女の嘆きは、弘子にとってあまりに意外だった。

経済的な不自由はなく、戦後の物不足にあっても、人にうらやまれる暮らしをしているはずだ。よく整えられた髪は、一人娘として親の愛情をたっぷり受けている証だろう。容姿も大人びて品があり、陰りを含む表情さえ美しさを引き立てている。

「わたし、友達になる」

半ば反射的だった。たちまち弘子は、耳に返ってきた「友達」という響きに胸を熱くした。もともとあった血のつながりとは違う。大人たちに促された付き合いとも違う。初めて自ら望んだ関係は、心地よい音を鳴らして結ばれた。

帰宅するやいなや、母に「栃木へは行かない」と宣言した。母は動揺し、しばらく悩んだ末に栃木行きを取りやめた。ただし、弘子に友達ができたからではないようだ。たとえ墓は立派でなくても、家族との日々が眠る土地で暮らす方を選んだらしい。

いずれにしても、弘子は友達を得た。桂子のことを知れば知るほど、老舗旅館の娘とはこうも暮らしぶりが違うのかと驚くばかりだ。遊びに訪ねていった際には、中庭で池に泳ぐ鯉へ餌をやるなど、それは上品で静かな時間を過ごした。かといって桂子は貧しい弘子を差別するでもなく、雨漏りする長屋にもたびたび遊びにやって来るのだった。

そうしているうちに弘子は、あることに気が付く。

「お母様は？」

彼女の父親とは何度か顔を合わせたが、母親の姿がいつも見当たらない。しかしこの旅館は彼女の両親が経営しているはずだ。

彼女は「居るよ」と答え、渡り廊下を奥へと歩いてゆく。やがて日の光を避けるように建つ離れの蔵が見えてきて、そこで足を止めた。彼女は閉ざされた戸をそのままにして呼び掛ける。

「お友達と遊んでるの。前に教えたでしょ。弘子ちゃん」

中からは、弱々しいながらもうれしそうな声が返ってきた。

「仲良くしてもらうんだよ」

結核を患っているのだという。それが判明してからはずっと蔵に隔離されているらしい。

桂子の母は婿取りだそうだ。つまり父は創業者の血を引いていない。そのため今は叔母夫婦が旅館を手伝っており、病の決着次第では父も桂子もここに住み続けられるかわからないという。

薄暗さに包まれながら、弘子は壁を挟んだ親子の触れ合いをただ見つめていた。

弘子を赤湯から連れ出そうと考えたのは、母の他にも居る。宇都宮からの客がそうだった。

ある日、遊びから戻ると玄関に見たことのない履物があった。茶の間の方から母の声が聞こえてくる。珍しく怒りを帯びた響きだった。

「娘を泣かせて親が左うちわだって？　とんでもないことを言わないでおくれよ」

恐る恐る弘子は中をのぞく。こちらに背を向ける格好で、見るからに高級そうな羽織を着た女が座っていた。

「初めはさ、みんなそうおっしゃるのよ」

女はたばこの煙を吐きながら、母をなだめた。

「でもね、ほとんどの人が『やっぱりお願いします』って言ってくるの。こんな時代に、いい銭になるんだもの」

機嫌を取るような笑いを挟みつつ説得を続けるが、母のいかめしい態度は揺るがなかった。

女は吸いかけのたばこをもみ消し、さも大事そうに手提げ袋にしまう。

「考えてちょうだいね。ごちそうさま」

気詰まった様子で話を終え、腰を上げる。追い出されるように玄関へ向かってきた女は、隠れている弘子を見つけて足を止めた。

女の両目が大きく開かれ、唇から「あら」と驚きが漏れた。

「うわさには聞いてたけど、大した器量じゃないの」

途端に陽気な口ぶりに変わる。弘子が「こんにちは」と一礼すると、いかにも満足げに頭をなでてきた。

「これなら支度金だって何だって倍だわね。倍よ」

女は笑顔を輝かせながら遠ざかっていった。

弘子は小さくなる影を見送りつつ、手探りしながら茶道具を片付ける母に誰かと尋ねた。母はまだいら立ちが収まらない様子で「知り合いのおばさん」と言い捨てる。栃木に居た時に付き合いがあったらしい。そこへ入れ替わるように隣人が訪ねてきたので、茶道具は再びちゃぶ台に戻され、弘子は自室で一人過ごすことになった。

少女雑誌をめくっていると、戸の向こうから母たちの話し声が聞こえてくる。

「さっきの人、やり手婆《ばあ》なのよ」

初めて耳にする不思議な言葉だ。女の姿を思い浮かべてみるが、婆と呼ばれる年齢とは思えなかった。

それから半年ほどが過ぎたころ、母と茶の間でちゃぶ台を囲んでいると、玄関の方から甲高い声が響いてきた。

「ごめんなさいよ。禮子ちゃん、いらっしゃる？」

またあの女だ。

母は顔に困惑をにじませながら返事をする。ちゃぶ台に手を突いて立とうとすると、迎えを待たずに女が部屋に入ってきた。

「勝手に上がらせていただいたわよ」

母の表情とは対照的に、女は満面に明るさをたたえている。弘子をおだてながら隣に腰を下ろすと、持参した袋をちゃぶ台に乗せた。浅草の「堅焼きせんべい」だそうだ。宇都宮から東京に嫁いだのだという。

弘子はそんないきさつを聞きながら、たばこをくわえる女を観察した。やはりおばあさんにはとても見えない。母よりは年上なのだろうが、40代後半といったところだ。

女の話題は前回の続きだった。

「越後湯沢温泉のさ、一番大きな置屋に弘ちゃんのことを教えたのよ」

そこの旦那は乗り気で、女の目にかなったのなら予約金でも支度金でもじゅうぶんな額を用意すると意気込んでいるそうだ。

「ありがたいじゃないか。将来、一流の芸者になるのは間違いなしだね。今の世の中、お金がなくちゃさ、やっていけないよ」

甘い誘いが並べ立てられる。弘子は母の顔を横目で見た。母は仏頂面を崩さぬまま、逡巡すら感じさせずにはねつけた。

女は母の拒絶を受け流す。薄笑いを浮かべながら怒りをほぐすような言葉を繰り、自分の股間をパン、パンとたたいてみせた。

「ここに毛が生えてからでもいいんだからさ。今は予約よ、予約だけ」

その言動が母をさらにかたくなにした。

「子どもの前でばかなまねはしないでおくれよ」

母の頑とした態度に弘子はひとまず安堵した。「あなたを育てるために必要な人」と紹介された電機会社の社長と母との関係はまだ続いていて、二人が長屋で夜を過ごすたび、弘子は自室にこもるということを繰り返している。母を守ろうと決意したものの、母から不要とされたらどうなるのだろう。そんな恐怖が脳裏にあったからだ。

「もしもよ、気が変わったらいつでも言ってちょうだい」

女はようやく去っていった。

「やり手婆」とは、妓楼で遊女たちを監督する女性を指すという。あの女の口ぶりから察するに芸者置屋への斡旋をしていたようだが、何か訳があって女衒《ぜげん》を兼ねているのだろうか。だとしたら、母へは芸者にと偽って、実は弘子を遊女として売ろうと画策していたとも考えられる。

ちゃぶ台には浅草せんべいと、たばこの吸い殻が残されていた。


夜の留守番が近づいてくると、いつか母と離れ離れになるという不安があらわになる。そんな弘子に、孤独を支えてくれる仲間ができた。ラジオだ。

蓄音機の去った茶の間に、ラジオが再び音楽を連れてきた。それは雑音に曇っているものの、寂しさに抗う助けになってくれた。よその親は子どもが勝手に触らないようたんすの上などに据えているそうだが、母は視力の都合から弘子でも操作のできる所に置くしかない。母が出掛ければ、ダイヤルは自分だけのものだった。

憧れの美空ひばりが新しい曲を発表したばかりだ。今夜はそれが聴けるかと楽しみにしていた夕方、母からお使いを頼まれた。よりによって外はひどい天気だ。吹雪が吠えながら長屋を襲い、冷気の爪を天井の穴から突き出す。見えない母だってわかるはずなのに、平然とふたのない小さなアルマイト鍋と10円札を手渡してきた。

「お金を落とさないようにね。おつりは忘れないでもらってくるのよ」

弘子は口を尖らせて抗議したが「すぐそこなんだから」と聞き入れてもらえない。かといって母に行かせるわけにもいかず、渋々マントをかぶり、湿っぽいわらぐつを履いた。玄関を出ると雪になぐられて、弘子でも視力が効かない。鍋をぎゅっと抱え、10円札を握り締めて猛然と駆けた。

やはり皆、家にこもっているのだろう。豆腐屋には客どころか店番の姿もなく、裸電球すらあくびのような光を放っていた。

「こんばんは。お豆腐1丁ください」

凍える体から声を絞り出すと、奥の方で影が動いた。

「……1丁な」

出てきた女主人は素っ気なくつぶやいた。

大きな木箱に張られた水は、表面に薄氷を浮かべている。女主人につかまれた包丁が、その柄で冷たい膜をたたき割った。

「……5円」

女主人は氷の隙間から白い豆腐をすくい上げると、真っ赤になった手のひらに乗せたまま包丁で切り分け、1丁分を弘子の持参したアルマイト鍋に移す。

弘子は礼を言いながら、かじかんだ手を開いてゆく。握っていたはずの10円札が消えていた。

「持ってきたなだか？」

疑いの眼差しを浴びながら、弘子は店の床を捜した。鼻の辺りがしびれを伴って熱くなる。寒さで手の感覚がなくなっていたので、落としたことに気が付かなかったのだろう。

「もったいないごとしたなあ。せっかく買いに来てもらったげんど、銭がないと売れね」

アルマイト鍋が傾いて、豆腐をするりと木箱の水に戻す。それは女主人の低く短い声とともに、空のまま弘子の手に帰ってきた。

「母ちゃんから銭もらって出直してこい」

来た道を逆にたどっても、落とした金は見つからなかった。長屋の軒下で壁にもたれる。建て付けの悪い木戸から、ふいに聞き馴染みのある歌声が漏れてきた。

「ひばりちゃんだ」

震える唇からぽつりとこぼれた。母がラジオをつけたらしい。雑音交じりの『越後獅子《えちごじし》の唄』が吹雪に溶けてゆく。弘子は壁に預けた体を、風にさらし続けた。

ふと母の声がした。玄関の戸が開いている。弘子の嗚咽が中に届いていたらしい。

謝罪と言い訳とを繰り返している間、母は雪だるまのようになった弘子のマントを懸命に手で払った。

「かわいそうなことさせてしまったねエ。お母さんこそごめんね」

凍えた体が抱き締められる。母も肩を震わせていた。

また買いに行くと言うと、母は「もういい」と首を横に振った。怒りからでも落胆からでもない、複雑な沈黙が通り過ぎていった。

――銭もらって出直してこい。

母はそこにどのような意味が込められているのか知っていたのだろう。

相手が違えば、豆腐屋は「銭は明日持ってきな」と言ったかもしれない。いつか干し柿を譲ってもらえなかったように、母は栃木からの「疎開人」と扱われているのだ。

吹雪が穴だらけの天井で今度は口笛を鳴らした。家族の眠る赤湯で生きようと決めたものの、そこにはまだ豆腐1丁分の信用すら築かれていなかった。

第8幕　サーカスの唄

政江ばあちゃんが亡くなってから少し経って、お母さんに縁談が来たの。まだ30歳になってなかったからね。それまでもいろいろ持ち掛けられてたんだけど、今回のは特にいい話みたいで。断り続けてきたお母さんもさすがに心が揺れたみたい。ただ、向こうにはすでに前の奥さんとの子どもが居て、その家に入るとなればわたしをどこかにやらなきゃいけないのよ。

周りの置屋から「弘子ちゃんを芸者に」って言われるのはしょっちゅうだし、ほら、養女に欲しいって呉服屋さんもあるしで、もらい手がないわけじゃないの。どうするべきか悩んでたんでしょうね。

お母さんは、表札にわたしの名前を「弘」って書いてた。女二人だけの暮らしでしょう。男の人が住んでいるように見せないと、何かと不安だったのよね。まして夜は小さいわたしを置いて働きに出なきゃいけない。だから経済的な面だけじゃなく、安心も求めていたんだと思う。わたしもお母さんの葛藤は察していた。

そんな時に、米沢の親戚が「こっちにすごい人が居る」って話を持ってきたの。悩みがあるなら相談してみたらどうかって。それで、お母さんと一緒に米沢の「川井」という所へ出掛けた。着いてみるとごく普通の農家で、そこに目の見えないおばあちゃんが待ってたの。あの辺りでは

「ワカ」って呼ばれてる口寄せ、ほら、死んだ人の霊を自分に降ろす、そういう人だったのね。

「誰を出せばいいの」

そう聞かれてお母さんは、政江ばあちゃんの名前を答えた。ワカは数珠を振って呪文のような言葉をつぶやいてね、それから話し始めたんだけど、口調が男の人に変わってたの。

それが何と、ずっと昔に亡くなった祖父。政江ばあちゃんの夫で、つまりお母さんの父親ね。

「禮子、幼いお前を残したままこっちへ来てしまって悪かったな」

お母さんもわたしもたまげちゃってね。ワカ本人は知らないはずのおじいちゃんの名前も、お母さんが小さいうちに死んだことも当たってるんだから。

信じられない思いで今の悩みを打ち明けたら、考えるそぶりもなく即「結婚はやめろ」って。

「よその子で泣くよりも、自分の子で泣け」

それからワカは、わたしの方を向いた。

「この子は死ぬまでお前を大事にする子だ。手放すな」

この時にお母さんは、ずっとわたしと一緒に生きるんだって決心したのね。


（取材手帳より）

＊

桂子の母は、隔離された蔵から戻ることなく亡くなった。婿である父親は旅館を追われ、経営はやはり血縁のある叔母夫婦が引き継いだらしい。父と桂子は古く小さな家を買い与えてもらい移り住んだ。そこは弘子の暮らす長屋のすぐそばだった。働かなければ食っていけないので、桂子の父はその家を利用して駄菓子屋を開いた。だが昔からの堅物で、客を喜ばせる愛想も使えない。店に「ごめんください」と訪ねていけば、留守かと思うほど静まり返っていて、しばらく経ってやっと奥から重たい返事が聞こえてくるありさまだ。これでは商売がうまくいくはずもなく、親子は貧しさの底を這うことになった。

まだ吐く息が白い３月、ささくれ立った木の電柱に、帽子を斜めにかぶった男がたばこをくわえながら何かを貼り付けていた。天然色のチラシが子どもたちの目を引く。たちまち電柱は娯楽に飢えた少年や少女の歓声に囲まれた。

「サーカス来んのが？　本当だか？　いつだ？」

着膨れした子どもたちが、そろって同じ質問を男に浴びせた。

男は面倒くさそうに顔をしかめ、次のチラシにのりを塗る。

「まだずっと先だ」

全部そこに書いてあるだろうと言いたげな、わずかの愛嬌もない受け答えだ。それでも子どもたちは飛び跳ねて熱狂した。

その時に彼らを遠巻きに観察しているだけだった弘子は、夜更けを待って再び家を出る。どうしてもチラシを近くで見てみたかった。道に人けはなく、間もなく寿命を迎えそうな街灯が弱々しく点滅している。薄ぼんやりとした明かりを頼りに、弘子は電柱を見上げた。

若い男女が、空中ブランコに乗ってほほ笑む姿が描かれている。弘子の想像力は勢いよく羽を広げた。サーカス小屋のきらめき、そこに流れるどこか悲しげな旋律、観客のどよめきや拍手、気が付くと弘子は深いため息をついていた。

やがて暖かくなると、温泉街をそばから見下ろす烏帽子山公園では恒例の「桜まつり」が始まる。満開の桜が青空に彩色を施し、しだれ桜の足元は芸者たちの舞台となる。三味線や太鼓が人々を誘い、しなやかな踊りで視線を巻き取った。

その盛況に合わせ、小学校の校庭には大きなテントが張られた。ついにサーカス団の到着だ。幕開けを明くる日に控えた夜、弘子が胸を高鳴らせていると、玄関の方から母と誰かが話をしている声が聞こえてきた。

「しばらくこちらに住むので、よろしくお願いします」

短期貸し用になっている隣の部屋に人が入ったらしい。母が言うには何と借りたのはサーカス団で、団長夫婦があいさつに来ていたのだという。長屋は、町をにぎわす一座の宿となった。

台所と便所が共用なので、自然と互いに顔を合わせることになる。母があれこれ世話を焼くものだから、すぐに皆との距離は縮まっていった。

団長はピエロとして客席をくすぐる役で、その妻は巧みな足芸で感嘆を集める役だ。夫婦の息子がユウジといって、花形の空中ブランコを担当する。ユウジと組む女性はミレーという名の人気者だった。

弘子はちょっとした用事を頼まれて楽屋を出入りすることが多かったので、テントを喝采で満たす彼らの演技を舞台裏からのぞかせてもらえた。そうしているうちにますます親しくなって、休演日に練習を見学させてもらうまでになった。

ただしそこに華やかさは一片もない。テント内の明かりは裸電球が数個だけで、団員たちは顔に化粧をせず、代わりににじみ出る汗を鈍く光らせていた。

真剣な彼らとの間に、幼さを寄せ付けない壁を見た。技の合間に発せられる鋭い掛け声が、弘子をすくませる。団長の叱咤はやがて罵声に変わり、心躍らせるはずの曲芸を悲壮なものにした。

そんな中でも、団長の妻の足芸は弘子をぐっと前傾させた。彼女はステージに置かれた台であおむけに寝ると、天井の方へ伸ばした両足だけで樽を車輪のように回転させたり、上に放ったりする。しばらくしてもう一人の女性が障子戸を持ってきて、樽に向けて投げた。団長の妻は樽を回したまま、障子戸を角で立たせるように受け止める。

樽の上に障子戸が乗る形が出来上がると、先ほどの女性が筆を横向きにくわえてやや高い位置に移動していた。彼女は左右の腕を広げ、障子戸を抱くような格好で飛び移る。樽がぴたりと静止して、戸と彼女が落ちぬよう平衡を保つことに徹した。

彼女は戸枠をつかんだ両手で体を支えながら、くわえた筆の向きをくるりと変え、その先を障子紙に近づけた。
――狐忠信　なすな恋
書き終えた途端に女性は障子を破って突き抜けた。その瞬間、彼女の衣装が狐に変わっている。弘子は薄暗いテントの隅で、注意力の全てをその演技に奪われた。

ある日の公演中だった。楽屋で一寸法師が話し掛けてきた。

「俺の後を付いてきな。もっと面白い見方があるんだ」

彼は弘子よりもずっと年上だが、病気のため子どもの身長で止まったままだ。見世物としてサーカスに売られてきたという。仲間たちからは「イッスン」と呼ばれている。ステージではピエロと組んで客の笑いをさらい、出番が終わると裏方としてせわしなく走り回っていた。

イッスンは親指をひょいと立ててみせ、弘子を先導して外に出ると、テントの背に回った。彼は地面とテントとの隙間に、小さな体を頭から潜り込ませる。弘子もまねをした。中で立とうとすれば頭が何かにぶつかるので、暗く狭い空間を腹這いのまま進んだ。客たちの燃え盛る歓声だけが、ややくぐもって耳に届いた。

「ここだ。上を見てみな」

言われた通りにしたら、自分がどこに居るのかわかった。細長い割れ目から明かりが差し込んで、その向こうにユウジとミレーの宙を舞う姿がある。ここはステージの床下だ。

「正面からとは、だいぶ違うだろ」

イッスンが愉快そうにささやいた。弘子は興奮を抑えながら「すごいよ」と漏らした。

また腹這いで外に戻ると、二人とも服が泥だらけだ。その間抜けさに、床下から持ち帰った緊張やら感動やらが散らばって、似た背丈の者同士、顔を見合わせながら笑った。

その日の幕が閉じれば団員たちは長屋に移動し、食事の支度や洗濯に追われる。台所に立つミレーはいつも同じ歌を口ずさんでいた。松平晃《あきら》の『サーカスの唄』だ。興行のため各地を転々とする男が、空を旅するツバメに「寂しかないか」と問い掛ける感傷的な曲だった。

「お姉ちゃん、その歌が好きね」

弘子は、じゃがいもの皮をむくミレーのそばに寄る。ミレーがわずかにほほ笑んだ。化粧を落とした彼女の横顔は、演技中の輝くような白さを失って黒ずんでいる。なぜかと聞くと、その率直さにか今度は楽しそうに笑った。

「公演中はね、ドーランっていうおしろいを塗ってるの。これには油が練り込んであるから、長く落とさないでいると照明で焼けちゃうのよ」

ミレーの説明にうなずいていると、逆に質問が返ってくる。

「弘ちゃんもお母さんも、話し方がきれいね。疎開してきたの？」

赤湯の生まれだと答えた。母と、亡くなった父は外での暮らしが長かったと話すと、納得したようだ。それからふと、ミレーは「弘ちゃんは幸せね」とうらやましそうな視線を向けてきた。

そんな言葉が自分に掛けられるとは思いもしなかった。病死に戦死、自殺まであらゆる別れに心を切り裂かれながら、母と二人きりで何とか生きている。それのどこが「幸せ」なのだろうか。

「わたしはお父さんの顔も、お母さんの顔も知らないの」

ミレーの握る包丁が、その刃をじゃがいもに食い込ませた。

「生まれてすぐ捨てられて、物心ついた時にはこのサーカスに居たから」

故郷がどこなのかも知らないそうだ。

それ以降、ミレーは夕食を作るたび『サーカスの唄』を口ずさんでは、今までに回ったいろいろな土地の話をしてくれた。弘子はそれに耳を傾けながら、自らの想像力に乗って旅をした。今そばにある何もかもから切り離されて、知らない町の雑踏を聞き、知らない村のにおいを嗅ぐ。その時間が好きだった。

公演の最終日、テントははち切れんばかりにいっぱいだ。弘子は初めて客席からステージを眺めた。観衆はピエロとイッスンの滑稽さに沸き、足芸の巧みさに喝采を送る。いよいよ空中ブランコの出番だ。ミレーが照明を浴びて華麗に飛ぶ。真っ白に輝く笑顔を、弘子はこぶしを握りながらじっと見上げた。

初夏の訪れとともに校庭のテントが畳まれた。長屋の台所はがらんとして、以前より空白が目立つ気さえする。数日後、大家が慌てた様子で部屋にやって来た。手には新聞を持っている。

「ミレーさん、まだ24歳だったって」

練習中の転落死だという。弘子には、彼女の歌声がしばらく聞こえていた。

桂子は新しい家族と暮らし始めていた。父に良い縁があり再婚したそうだ。農家から嫁いできたその女性は、細やかな気遣いがある上によく働く人らしい。桂子の父が相変わらず無愛想に駄菓子屋の番しているのに対し、継母は毎日、大きな風呂敷に商品を包み、それを背負って遠くの村まで売りに出掛けているという。やがて二人の間に子ができ、貧乏の地べたにではあるものの花が咲いた。

経済的な事情については、弘子の方は以前よりも改善していた。母の仕事が順調なのは理由の一つだろう。夜の留守番は増えてしまうが、母を赤湯に留めておくという意味では喜ばしいことだった。ただし学校での生活に関しては、問題を抱えていた。成績が全く伸びないのだ。

母に出来の悪さを追及されると、弘子は担任教師の顔が怖いからだと答えた。言い逃れではなく本心だった。

「ひげがぼうぼうで、まるで山賊みたいなんだよ」

担任は、いつも顔の下半分が黒く覆われている。目障りで授業に集中などできなかった。

母もそれはまずいと考えたらしい。担任を家に呼ぶよう弘子に言い付けてきた。早速、放課後に担任がやって来る。何か相談事かとかしこまる担任を茶の間に通し、母はたんすの奥から何かを取り出した。

ゴトンと鈍い音が部屋に響く。ちゃぶ台に寝転んだ西洋カミソリの仕業だった。

――サンキュウ、ベリイ、マッチ。

弘子の脳裏に、たどたどしい母の英語がよみがえる。

このカミソリは、いつか進駐軍のジョンから贈られた物だった。立派な品をもらったものの、刃を当てる相手もなく、かといってナイフ代わりにりんごの皮でもむくというのも気が引けたらしい。ジョンたち進駐軍は数年前に米沢からも引き揚げ、「キング」も看板を掛け替えたが、最高級のカミソリは仕える主人を持たぬまま今まで眠っていた。

担任はその迫力におびえているのか、触れるのをためらっているようだった。

「明日からさっぱり剃って、学校へ出てください」

母に促され、ようやく担任の手が伸びる。

「実は、豆腐も切れないような安物を使っているものですから」

担任は軽口でごまかせないほど恐縮をあらわにして受け取ると、何度も頭を下げながら帰っていった。

翌朝、教室に児童たちの喚声がはじけた。すっかり見違えた担任が黒板の前に立つ。弘子の注意をそらすものはなくなったが、しばらく経っても成績はそのままだった。

弘子の悩みは学校だけでなく家の中にもあった。それは同時に家計の不安が減ったもう一つの理由でもある。つまり「社長」の存在だ。

東京から社長が訪ねてくるたび、母は母でなくなった。弘子はどう振る舞うべきかをわきまえている。母を困らせるような言動は避け、社長に「おじさん」と甘えてみせる。二人の前では死んだ父の話を決してしない。物わかりよく自室に閉じこもり、雑誌から美空ひばりの写真を切り抜いて、帳面を分厚くしていった。

そうしていれば、食べる物も着る物も良くなった。母はかつての言葉通り、わたしを育てるために社長との関係を続けているのだ。そう納得したはずなのに、女として磨かれてゆく母を目にすると、嫌悪にも似た感情が湧き出るのを抑えられなかった。

「これからは、あの人を『お父さん』と呼びなさい」

社長に対する母の気遣いなのだろう。強い抵抗は胸に押し込めた。初めて父以外の人間をそう呼んだ。じんわりと舌の上に広がったのは、おそらくむなしさの味だった。

社長の生まれは赤湯温泉街からさほど離れていないそうだ。そこに住み続けていた親が亡くなって、社長はこのたび赤湯の由緒ある寺に墓を建てたという。見に行ってみるかと誘われて、弘子は社長に付いて出掛けていった。

遠目からでも弘子は仰天した。単調な配色の墓地に、一つだけ桜が咲いたような彩りがある。この辺りでは採れない石で造られたものらしい。赤く真っさらな墓石の輝きに、弘子はしばし唇の閉じ方を忘れた。

幾日が経ってもその光景は脳裏に鮮やかなままだ。たまらなくなって、今度は一人で寺に足を運んだ。墓の前でじっと佇んでいると、そばで誰かの声がした。

「ここだけの話だけどよ」

手入れで来ていた石屋らしい。

「それな、あんまり良ぐねんだ」

石屋はやや気まずそうな顔をする。

「こんなにきれいなのに？」

弘子は思ったままを返した。

「きれいな石だけんど、墓相が悪い」

それから間もなく、社長の訪問が途絶えた。連絡もないようだ。もとより按摩師と客の立場から始まった愛人関係で、いつ終わりが来てもおかしくはない。気に病む母を弘子は複雑な思いで眺め、そのまま時間が過ぎた。

数カ月後、弘子が同級生の家で遊んでいる時だった。ふと近くにあった新聞を広げると、ある記事が目に飛び込んできた。友人に新聞を借り、長屋まで走る。母に手渡すと、紙面を鼻で突き破りそうなほど顔を近づけて凝視した。

――告別式のお知らせ。

最後に赤湯を発つのを見送ってから間もなくだろう。社長は入院し、闘病を続けていたらしい。

突然、母の大声が部屋に響く。母はまるで夫や子を亡くしたかのように、床に崩れ号泣した。

弘子は一緒に悲しまなかった。わたしを育てるためと言いながら、結局は女として社長を愛していたのだろう。うずくまる母が赤の他人のように視界に映る。弘子は体のあちこちで何かが冷えてゆくのを感じていた。

幕間

＜妻宛書簡＞　差出人　角田勇吉

昭和19年8月　発信地　横須賀

先日入団の際は雨中の処部落の方々に御送り頂きまして、途中無事入隊致しました。入団後は益々元気で軍務に奮斗致していますから安心下さい。留守中は子供達の健康に気を付けて暮して下さい。弘子、千恵子も自分の力で大きくして下さい。母へも無事軍務中の由伝へて下さい。便はハガキで下さい。写真はとるひまもありませんでね、又、後で写して送ります。

昭和19年12月10日付　発信地　神戸

拝啓。家中元気の由何よりです。自分も変りなく軍務中です。安心下さい。武運長久祈願して下さる家中へ厚く御礼申上ます。

写真、粗末な物でしたが海兵団より二枚着いた事と思います。後々軍服姿で写したの二枚着く事でせうが、日頃その写真を蔭膳にして下さい。寒さ一層加る事でせうが子供達、風をひかせない様にして下さい。双方の母へよろしく。

第9幕　赤いランプの終列車

春本と分春本の女将さんは姉妹分の芸者で血はつながっていないんだけど、藤松さんは実の妹とそろって赤湯の芸者だったの。妹の方も、藤松さんとはまた違った雰囲気の、ものすごい美人でね。

芸者の人気投票があったって話したでしょう。写真館にブロマイドをずらっと貼り出してね。1位が藤松さんなら、妹は2位だった。姉妹を目当てに温泉街へお客が押し寄せたよ。しかも当時の赤湯は真ん中の狭い所に旅館が密集してたから、雑踏の話し声に下駄のからんころんに、お座敷の騒ぎに三味線に、とにかくにぎやかだった。

少し北へ離れた所に「小滝《こたき》」っていう山里があって、ここの子どもたちがバスに乗って東京へ修学旅行に出掛けたんだって。途中で赤湯温泉街を通ったら、窓の外を見た子たちが「東京さ着いだ」って大はしゃぎしたそうだから。

「大臣」って肩書の付く人もしょっちゅう遊びに来てたよ。今だったら税金で愛人を連れて温泉三昧なんて絶対にできないでしょう。昔は使い放題だったもの。だからこの辺りも潤ってたのよ。

それから、お金のない人は米で遊べたの。近くの村に住んでたある人は若いころ、親に隠れて家の米を盗んでたんだって。一気にやるとばれるから毎日少しずつね。手拭いを2本縫い合わせて、それを袋にしたそうよ。

例えば半たら、1俵の半分ね、そのくらいためれば旅館で芸者を揚げて楽しめたんでしょうけど、彼は1升がやっと。どうするかっていうと、米を旅館じゃなくて置屋に持っていくんだって。置屋にはお稽古や着付けに使う和室があるから、女将さんにお願いしてそこで遊ばせてもらうの。もちろん藤松さんみたいな人気芸者は出払ってるけど、大抵「お茶っ引き」で暇な人が残ってるからね。お酒とか簡単な肴も付けてくれたそうよ。

それでも大満足で、ほくほく笑顔で置屋を後にしたって。ただ親には「お湯さ入りに行ってくる」って出てきてるの。共同浴場ね。だから途中の川で手拭いをぬらしてから家に帰るんだって。


（取材手帳より）

＊

母がたんすについて口にしたのは、社長の訃報に接してから数カ月が経ったころだった。

「あの人がためてくれたお金の一部で作ってもらおうと考えてるんだよ」

思い出の品にするのだろう。それが置かれるのはきっと、二つの位牌がある部屋だ。母と社長の関係は、死によって絶えてもなお弘子を煩わせた。

また幾月か過ぎ、大八車に乗ってたんすがやって来た。漆塗りで見事に仕上げられた姿に、職人の費やした手間が表れている。これが母の亡き人に対する「思い」ということなのだろう。引き出しの中央には家紋らしき装飾があしらわれていた。

見覚えがある。この二重丸に囲まれた抱き茗荷は、生まれたばかりの父に残されたものではなかったか。勇吉と血のつながった「実の父」が、当面の養育費にと金を包んだ、その袱紗にあった印だ。望まれない出生から冷遇を受けた勇吉にとって、自分を気遣ってくれる人が居るという証はどんなに頼もしかっただろう。母はそれを忘れていなかった。

ふと、ずっと閉じ込めていた感情が解き放たれる。

「お父さんが居るみたいね」

自らに禁じていた「お父さん」という言葉を発してみると、途端に胸の曇りが晴れた。母も家紋を愛おしそうになでながら、涙で頬に線を描く。それから二人で、しばらく笑顔を交わし合った。昭和26年、弘子が9歳の秋だった。

だがしばらくして、按摩の客がまた一人、母の支援者として関係を持ち始めた。年齢は母より一回りほど上で、母に似て体格のいい男だった。弘子は再び父を胸の奥に隠すことになる。首から上を作り笑顔で覆っておけばいい。大人が求めるような振る舞いには慣れていた。

相手は新幹線の敷設に関わる大きな会社に勤めていて、東北支社長だという。そのため仕事の都合でこちらへの出張が多かったらしい。母とそういう仲になってから、支社長は定宿を長屋に移した。

長屋に泊まった支社長は、翌日の夜行列車に母を連れて乗り込む。那須温泉に二人で２泊して、赤湯へ帰る汽車には母一人を乗せる。それがいつしか決まりになっていた。

その間の弘子の食事は母が周りの助けを借りていて、朝は桂子の継母が、昼と夕方は隣に住む元「キング」のママが世話をしてくれた。だが夕食が終わってから翌朝までは部屋に一人きりだ。

「駅で見送る」

二人が那須へ向かう夜になると、弘子は気遣うふりをして身支度を整えた。

支社長が呼んだタクシーに体を押し入れる。降りた駅舎の前には静けさが横たわっていた。母と支社長は体を寄せ合いながら改札口へ向かう。弘子は母の背中を見つめながら後ろを歩いた。人影まばらな乗降場で、振り向いた母が悲しげに「ばかな子だね」と言う。それを別れのあいさつにして、逃げるように列車へ乗り込んだ。

赤くともった二つのランプが遠ざかってゆく。弘子はその光が闇に飲み込まれるまで、ただ黙って手を振った。

決して容姿が優れているわけでなく、なよなよと甘えるのがうまいわけでもない。そんな母にこうして助けの手が伸びてくるのは、母の持つ分け隔てない親切心が理由だろうか。

弘子の家は小学校の目の前だったので、中には親しくもないのに「遊ぼう」とやって来る同級生も居た。目的は、母が必ず用意するおやつだ。下心があからさまな子にも母は、嫌な顔一つせず厚意を与えていた。

「今度はわたしの家に行かない？」

そう言ってくれたのは農村部に住む子だった。その辺りでは大きな農家らしい。少し遠いが、誘いがうれしくて弘子はうなずいた。

彼女に付いて街を離れ、田畑の続く道をその場でひらめいた遊びをしながら歩いた。同じ赤湯に住んでいるとはいえ、温泉街と農村部とでは違っている点が多い。温泉街の子同士でままごとをすれば「枕」や「玉代」という言葉が当たり前に使われるのに対し、農家の子たちは作物に関わる用語でやりとりをする。だから彼女との交わりも、知らない世界に触れるようで胸が躍った。そんな新鮮さを味わっているうちに、茅葺きの立派な平家に着いた。

何やら中がにぎやかだ。のぞいてみると、農家の妻連中だろうか、いろりを囲んで茶をすすりつつ、楽しげに話をしていた。

「母ちゃん、友だち連れてきた」

彼女が輪に声を掛ける。こちらを振り向いた一人が「誰や？」と反応した。

彼女の母は汗じみが模様のようになった手拭いを頭にかぶっていた。薄汚れた割烹着や、くたびれたもんぺがこの辺りの暮らしぶりを表している。

「街の弘子ちゃ」

彼女は母親に「街の」を付けて弘子を紹介した。

「ああ、弘子ちゃが。遠いのによく来たな」

普段から何かしら聞いているのだろう。合点がいったようにうなずくと、やや声を厳しくして娘の名を呼んだ。

「弘子ちゃは街の子だから、やぶに連れてくなよ。ブヨだの蛇だの居っからな」

母の注意を聞き流しながら、彼女は弘子を玄関に置いて家の奥へ歩いていった。支度があるのだろう。弘子はその場で待つ。「ブヨ」や「蛇」という言葉を思い出して、伯母から買ってもらったスカートに目をやった。ふと、いろりの方から珍しいものを見るような視線が飛んでくる。それは弘子の頭からつま先までをなぞった。

弘子にとっても、見回せば関心を引かれるものばかりだ。玄関脇に小屋があったので、そちらに移動してみる。中では5羽ほどのニワトリが「コクッ、コクッ」と鳴きながら、赤いとさかを揺らしていた。初めての光景にますます興味をそそられた瞬間、妻連中の視界から弘子が居なくなったからだろう、再開された炉端のおしゃべりが漏れ聞こえてきた。

「街のって、どこの家のや?」

話題は弘子についてらしい。

「赤湯小学校の近くの長屋ば借りてるんだっそ」

答えたのはさっきの母親だろう。

「でもよ、長屋住まいであの格好げ?　ずいぶんとしゃれた服着てよ」

「在郷《ざいご》のガキとは違うごで。百姓してるわけでもね、何して食ってっかわかんねどこあるべ。おっかないもんだず」

それがこの辺りの共通した考えなのか、いかにも愉快そうな笑い声がどっと起こった。

「あの子の母ちゃん、按摩だっぞ。盲でよ」

友人の母の声だ。

「おまけに父なしっ子だ。とっくに死んだんだって」

話題は、弘子の両親が県外から越してきた件に移る。やはり「疎開人」として扱われた。

「母ちゃんは、旅館さ出張してるって聞いたな」

その一言をきっかけに、妻連中がにわかに色めき立つ。

「旅館さなあ。なら客のどこをもんでるか分がんねごでな。だから娘にあんな立派な服着せられるんだべ」

彼女らにとって、母はちょうどいい茶請けらしい。意味を理解できない部分もあったが、この盛り上がりがあざけりによるものであることは、口調や声色が教えてくれた。

母は、自分についてどのようなうわさが広まっているか察していたのだろう。普段は銘仙の着物にきちんと帯を締め、まめに洗濯をした白い割烹着を掛けているのに、同級生の母たちの目に触れる授業参観の日には、わざわざ野暮ったい服装を選ぶようになっていた。

「もんぺは嫌よ。絶対に穿かないで」

弘子は念を押した。

4年生に進級したころから、障害のある母を恥ずかしく感じるようになっていた。成長とともに、周りが母をどう評価しているか、そのありのままを感じ取る力が付いたからだろう。母の仕事を揶揄する人たちが居て、たまに会う父方の親戚も「目が見えないくせに旦那持ち」とさげすむ。それらの現実に触れるうちに、弘子の中にも母を疎んじる気持ちが芽生えてきたのかもしれない。

それでも、母の使う都会風の言葉や、置屋の女将にも劣らぬ垢抜けた格好は誇らしかった。もともと母は裕福な絹問屋の生まれで、上等な着物に囲まれて育ってきた人だ。だから譲れないものを持っていて、貧しくても木綿は着ないと決めていた。父を亡くして生活に困り「銭がない」が口癖になって、形見の蓄音機やレコード、思い出のバイオリンまで売ることがあっても、自分の着物にだけは手を付けなかったほどだ。それが弘子にとっても自慢なのに、同級生や教師の前に田舎臭い姿をさらされてしまっては台なしだ。

「田舎臭いも何も、ここはれっきとした田舎じゃないか」

周りの母親たちに合わせたのだと主張してくる。

「そんなことしなくていい。似合わない」

母の決めたことには逆らわないようにしていたが、これぱかりは母の尊厳を守るためにも折れるわけにはいかなかった。

授業参観の当日がやって来た。弘子は自分の席に座って何度も教室の後ろを振り向く。田畑から直行してきたような野良着姿が並んでいるが、そこに母は居ない。もうすぐあれに埋もれてしまうのだろうか。考えると胸が重たくなった。

やがてほこりっぽい人垣に優美な模様が加わった。落ち着いた色合いの結城紬《ゆうきつむぎ》に、小さな花がちりばめられた羽織、塩瀬《しおぜ》の帯が粋に決まっている。その下にもんぺはない。

弘子は唇の両端をつり上げ、思わず指を鳴らした。母の姿は、居並ぶ親たちの中で際立って華やかだった。

授業が始まる。児童たちの後頭部に刺さる視線は、教師までもぎこちなくさせた。黒板をチョークが縦横に走り、解ける者はと挙手を促される。にわかに教室の緊張感が高まって、それぞれが背後からのぎらつく眼光を気にしながら、折れ曲がった腕を持ち上げた。

弘子は両手を机に置いたままで、皆の滑稽な振る舞いを眺めて楽しんでいた。

「手を挙げたんだけど当てられなかった」

帰宅するなり母にぼやいてみせた。

母は「そう」とだけ返してくる。とがめる言葉はない。

――こんな時は、目の不自由なお母さんもいいもんだ。

弘子は密かに頬を緩ませた。

その間も、支社長と母の関係は続いていた。母は今回もその人を「お父さん」と呼ぶよう言い付けてきた。弘子は逆らわない。だが勇吉以外の人間を父と思うのは嫌なので、支社長のことは心の中で「おトウさん」と区別した。

おトウさんは月に数回、近くで仕事があるたびにこちらを訪ねてきた。他に妻も子もある人だった。妻には母のことを打ち明けたらしい。妻はあちこちで遊ばれるよりはと愛人の存在を受け入れたそうで、ある時、母へ電話をかけてきて「面倒を見てあげてくださいね」と頼んだという。

おトウさんの来る日時がわかると母は、いつも到着に合わせ台所でごちそう作りに精を出す。その姿はさまざまな理由で、弘子の胸を引っかいた。

少し前まで、母は料理をする際にいつも七輪に大きな鍋を乗せていた。母と弘子の2人分にしても、おトウさんの分を合わせるにしても不相応だ。中をのぞいてみると、やはり底の方にだけ食材が転がっていて物寂しい。とはいえ小さい鍋が家にないわけではないのだ。

ある時、理由を尋ねてみた。母は一升瓶に入った醤油を、湯気の立つ鍋に注ぎながら答える。

「わたし、目が悪いでしょ。吹きこぼれてやけどしたら困るし、掃除も大変だしねエ。これなら、煮えたぎってもこぼれないから」

母は、栃木の学校で働いていたころを振り返って話してくれた。

寮で学生たちの食事を準備していた時だという。全盲の男子学生が、誤って調理中の鍋に足をぶつけた。彼は驚きと熱さとで飛び上がり、その勢いで障子戸を突き破ったそうだ。

「他の子たち『料理は大丈夫か』ってわたしに聞くのよ」

何よりも自分の空腹が心配だったのだろう。そういう時代だった。母も、転んだ彼に悪いと思いつつも吹き出してしまったという。

とにかく、料理の方は大きな鍋を使っていたおかげで床にぶちまけられずに済んだ。その経験に今も倣っているそうだ。

母が石油コンロの存在を知るのは、栃木に住む親戚を訪ねた時だった。

「禮《れい》ちゃん、これとても便利よ」

案内された台所で母はそれに近づき目を凝らした。赤湯の店ではこんな器具を見たことがない。聞くと、発売されたばかりのものらしい。

「煮炊きに便利なのよ。着火は早いし煙たくない。ちょっと臭いはあるにしてもさ」

自慢げな講釈を聞きながら、母はじっくりと石油コンロを観察した。もし火が入っていたら頬をやけどしていただろう。値段を何度も尋ねては、うっとりとした様子でため息をついた。

新しもの好きの母は、こうなるとしばらくうつつを抜かす。赤湯に戻ってからも「買ってもらおうかなあ」などとたびたびつぶやいていた。誰にねだろうとしているのかは明らかだ。しばらくして、おトウさんと一緒に石油コンロが到着した。

「ありがとう、あなた。うれしいわ」

母は甘えるような声を出しつつ荷を解く。それから、空の一升瓶を抱えていそいそと出掛けていった。行き先は近くの炭屋だ。電気の通っていない山村の住民が、ランプ用にと量り売りの石油を求めに来る所なので、そこから調達するのだろう。ややあって、母は一升瓶をいっぱいにして帰ってきた。

「少し入れて」

母に教わりながら、弘子はコンロに石油を注ぐ。「このくらい?」と母に一升瓶を持たせ、残りの重さを確認してもらってから床に置いた。いよいよ待ちに待った着火の瞬間だ。

目に障害があっても、料理の腕は確かだ。手の感覚で分量を記憶しているのか、ちょうどいい具合に砂糖を振り、醤油の瓶を傾けて絶妙な味に仕上げる。以前、巡業中の力士たちが匂いにつられてやって来て、口々に母の腕を褒めていったこともあった。今晩は念願の石油コンロも手に入った上に、おトウさんが泊まっていくのでえらい張り切りようだ。奮発して買った食材を大鍋に放り込む。

「さあ味付け、味付け。うまくなるかな」

妙に高揚している母を横目に、弘子は自室に戻った。もうすぐ、戸の隙間からおいしそうな香りが忍び込んでくるのだろう。晩酌のおあずけを食らっているおトウさんの気配を壁の反対側に感じながら、いつものように時間をつぶした。

おかしい。鼻を刺激したのは、明らかに料理から放たれるものではなかった。何が起こっているのかと部屋を出る。台所が目に入った瞬間、ふと弘子の胸に不快な痛みが走った。さっき床に置いた一升瓶の中身が減っている。母は醤油の瓶と取り違えて石油を鍋に入れてしまったのだ。鍋からは、豪勢な食材と、砂糖と、石油の混ざった言いようのない臭気が吐き出されていた。

――あの時、もっと離れた所に瓶を片付けておけば。

弘子は悔やみながら、コンロのそばでうなだれる母を見つめた。

母の立ち直りは早かった。愛用していた大鍋は臭いが取れないと判断するなりすぐに捨て、翌日には金物屋で新しいものを手に入れてきた。やがて赤湯では他に持つ家庭のない石油コンロをすっかり使いこなし、初めの失敗を隠してという条件付きではあるものの、近所の羨望を集めるに至った。

だが弘子の胸には、母を落胆させてしまったという後悔と、嬉々として台所に立たせているのは「おトウさん」なのだという嫉妬にも似た複雑な傷が残った。

おトウさんが来ると長屋に1泊して、それから那須温泉へ出掛けるという日程はすっかり習慣になっている。弘子は相変わらず駅までのタクシーに乗り込み、大人びた見送りに徹した。暗いプラットホームで、あらゆる季節を感じた。春風は服の袖をはためかせ、夏の夜空は遠花火《とおはなび》を映してみせる。秋になれば虫の声が辺りを埋め尽くした。

昭和27年12月、その日もおトウさんに身を寄せて、そわそわと逃げるように改札口へ歩く母の背中を追った。やがて夜汽車の赤い輝きが吹雪に削り取られる。わずかな明かりがすっかり隠れてしまうまで、弘子はホームで独り手を振った。積雪を踏みながら帰宅し、美空ひばりのブロマイドを机に並べ、歌番組を探してラジオのダイヤルを回した。

カレンダーに朱色の鉛筆を近づける。母が帰ってくる日を大きく丸で囲んだ。壁の向こうからは酔客の笑い声が響く。

その時、ラジオから流行りの曲が聞こえてきた。春日八郎の『赤いランプの終列車』だ。

歌われる情景の一つ一つがプラットホームに残された自分と重なって、胸の鍵を開けていった。

――寂しい時や悲しい時は、無理せずはっきり言うのよ。

いつか聞いた、今は亡き里子の言葉がよみがえる。

次の瞬間、全ての音は弘子の叫びにかき消された。

「わたしだけのお母さんでいて」

束の間、がらんとした部屋に反響する。再び耳に届いたラジオの音は、荒れ狂う吹雪と混じり合った。

第10幕　赤いハイヒール

お父さんの戦死公報ね、昭和20年の1月8日に亡くなったというのは、うそらしいの。

それを知ったのは、お母さんが幼いわたしをおぶって心中しようとした日から、半年くらい経ったころかな。隣町から佐藤さんという方が訪ねてきて「勇吉さんは生きて帰ってこられたか」って。

佐藤さんもかつて徴兵を受けて軍隊に入った人でね。赤湯駅を出発する時に父と一緒になったんだって。父は海軍、佐藤さんは陸軍と分かれるんだけど、親交は続いてたらしいの。

母が1月8日に戦死したと答えたら「それはおかしい」って。佐藤さんはその年の3月に、戦艦大和に乗る父を見送ったそうなの。それから佐藤さんは、父に預かったという手紙をくれた。中には大和の乗組員に選ばれたことや、手旗信号係を命じられたことが書いてあったのよ。

当時、大和の存在は国家機密だったでしょう。普通に送ったんじゃ検閲に引っ掛かってしまうから、遺言とは別の手紙をこっそり佐藤さんに託したそうなの。戦死公報も、同じ理由で偽造されたんじゃないかな。父は「海の特攻隊」として、きっと4月に亡くなったのね。

うちの菩提寺は「松林山薬師寺」なんだけど、だいぶ経ってからそこの和尚さんに「勇吉さんの戒名はどこで付けてもらったんですか」って聞かれたの。お母さんには覚えがないみたい。和尚さんが言うには、山形県じゃどこの宗派でも付けない戒名なんだって。

しばらくは謎のままだったんだけど、和尚さんが「もしかしたら」と思い当たったらしいの。特攻が決まった時すでに、乗組員には戒名が用意されてたのかもしれないって。


（取材手帳より）

＊

校舎はあらゆる境遇を収容する。構える場所が歓楽の街となれば、児童たちの背負うものはなおさらさまざまだ。

5年生の時に転校してきた二人は、出身こそ長野・栃木と違っていたが、芸者になるためにやって来たという点で共通していた。とはいえ本人が望んだわけでなく、実家の貧しさゆえ売られた身だった。

赤湯では珍しくなかった。以前から通っている児童の中にも、似た身の上の子は居る。彼女らは午前の授業が終わると早退することを学校から認められていた。列を作り校舎を出て、やがてそれぞれが預けられている置屋へと分かれる。転入生の二人も、程なくそれに加わった。行く先が決まっている彼女らにとっては、授業よりも下働きや稽古で得るものが重要なのかもしれない。

一方で、授業に出席はしていても勉強が身に付かない子も居た。

2学期のある昼休み、弘子は担任から声を掛けられた。そばに寄ると、担任は教室の窓に目をやっている。視線の先には、外のブランコで遊ぶ男の子の姿があった。同級生の「良男《よしお》」だ。良男はあどけない顔つきをしているが、高校生と言われても信じてしまうほどの体格だ。それに釣り合わず上着の丈が短いので、勢いよく立ち漕ぎをすれば腹がのぞく。本人は気に留める様子もなく目を輝かせ笑っているが、それを囲んでにぎやかすような友人は居ない。彼は今日もたった一人でブランコを揺らしていた。

良男のことは学級替えで一緒になる前から知っていた。朝の遅い母が昼休みに持ってくる弁当を、いつも彼が教室まで届けてくれたからだ。代わりに弘子の弁当を分けてあげることになるのだが、粗末な敷物を玄関戸にするくらい彼の家が貧しいと知ると、何も言えなかった。

知能に障害を持つ良男は、授業中でも椅子に落ち着いていられない。教室じゅうを自由に遊び回り、皆にしかめ面を向けられている。時にその大きな体で暴れるものだから、力ずくで座らせることもできずにいた。

良男の家庭は、困窮している上に関係も複雑だった。彼にとっての父は、祖父と同じ人間だ。つまり良男は、父親が実の娘に手を付けたために生まれた子だという。障害は先天的なものらしいが、妊娠に至るいきさつとの因果はわからない。

彼の母は良男だけでなく、同じ事情から下に女の子も産んだ。世間の冷たい目を逃れるように、母は下の子を連れ上京して働き、赤湯の実家へ仕送りを続けているそうだ。それを知る同級生は、たびたび彼をからかった。「お前の母ちゃん」と呼び掛けてから手を「パン」と2回打ち鳴らすのだ。

何らかの侮辱であると弘子にもわかった。居たたまれなくなって「良男君のお母さんはいい人だよ」と割って入ることもあった。

「君の隣だったらおとなしく机に座って勉強するって言うもんでよ」

それが担任の用件だった。どうやら良男はこれまでのことで、弘子を味方だと思っているらしい。弘子としては陰湿な行為を見かねて注意しただけで、特に肩入れしたつもりはなかった。

「ええ、良男君と？　いや……」

内心の戸惑いがついそのまま口調に表れてしまった。

もちろん担任は察しただろう。束の間、弘子の心変わりを待つような沈黙が続いた。

「やっぱりなあ、しょうがね。わかった」

諦めた担任の残念そうな表情を最後に見て、弘子はその場を解放された。

反射的な拒否ではあったが、本心と異なっているわけでもない。確かに良男の身の上は気の毒だ。しかし、だからといって席を隣り合わせにしようとはならない。相手はクラス一の暴れん坊なのだ。その机だって、黒板のすぐ前だ。教師の視線を間近に、さらに同級生たちの視線を背中に浴びながら過ごすなど苦痛に違いない。

だが困ったことに、担任のがっかりした姿が脳裏を去ってくれない。母や他の大人たちの顔色を常にうかがいながら育ってきたからだろう。自分のせいで担任を失望させたという事実は胸にこたえた。

3日ほど罪悪感を味わった末に、弘子は自ら担任の元へ赴いた。

今度は担任が驚く番だった。弘子の言葉が本当か何度も聞き返してきた末に、いかにも安堵したような表情で頭を下げた。

「おおい、良男君。ちょっとこっちさ来い」

担任は今日もブランコで揺れている彼に、大声で呼び掛けた。

望みがかなったと知ってか、良男がべたんべたんと音を立てながら駆けてくる。彼は弘子の顔を正面から見て笑った。固めた決意がたちまち不安に覆われる。弘子は思わず頬を引きつらせていた。

翌日から、弘子は最前列の真ん中に座ることになった。しかも担任の計らいで、弘子と良男の席だけがさらに教卓のそばに引き寄せられる。さながら学級の代表だ。こんな状況でも隣の良男は、がっしりした上半身を椅子に預け、にこにこ笑みを浮かべている。弘子の目頭にひりひりとした感覚が走った。

「弘子、やるなあ」

声のした方を振り向くと、一人の男子が立ち上がっていた。もう冷やかしが始まったと後悔の念が膨らむ。だが次の瞬間、彼の周りから拍手が起こった。その音はあっという間に教室じゅうに広がる。皮肉かと疑う余地もないほど真っすぐな賞賛に感じられた。

――みんなのためにも頑張らないと。

断り切れずに受けた役は、この時に自ら背負う使命になった。

良男は明らかに変わった。授業中は席を離れず、急に叫ぶこともせず、紙に鉛筆を走らせている。字の書けない彼に、弘子は自分の名前から教えることにした。「ひ、ろ、こ」とゆっくり発音し、良男の鉛筆に手を添えて導く。次は彼自身の名だ。「よ、し、お」と同じようにしてやる。彼は時間をかけて、少しずつひらがなを覚えていった。

そのころ、桂子の家庭には問題が起こっていた。実母を結核で亡くし老舗旅館を追われたものの、父の再婚や妹の誕生によって貧しさの暗い底から這い上がりつつあるはずだった。だがある日を境に、働き者の継母が帰ってこなくなったのだという。いつものように大きな風呂敷包みを背中に乗せ農村部へ行商に出掛けたのだが、それきり音沙汰がないらしい。

桂子の父は心当たりを回った。だが何の手掛かりも得られぬまま10日が過ぎ、警察を頼ることになった。

2カ月後に捜索は終わりを迎える。継母は無縁墓地に葬られているとわかったのだ。汽車にひかれて即死だったらしい。遺品を一見した父が、土の下に居るのは自らの妻だと認めた。

近所に住む人々は自殺だとうわさした。苦しい暮らしに耐えられなくなったのだろう。それでいて夫は商売っ気がないものだから絶望したのだろう。推測の材料はたくさんあった。

だが弘子の母だけがきっぱりと否定した。まだ3歳にもならない幼子を置いて、自分だけ死ぬはずがない。もしその選択をするなら、母を失って悲しませないようにおんぶして連れていくに決まっている。母はそう主張し続けた。

かつて弘子と共に人生を終えようとした夜に重ねてだろうか。残された子がこれ以上傷つかぬようにとの思いやりかもしれない。真相を知るのは土に埋まる遺体だけだった。

桂子は生活の頼りだった継母を亡くし、再び貧しさの底にたたき付けられた。学校に弁当を持ってくることすら難しくなったようだ。弘子は誰の目にも触れぬよう注意を払いながら、こっそり桂子に自分の昼食を分ける。彼女はその全てには口を付けず、持ち帰って妹に食べさせていた。

ある時から桂子は納豆売りを始めた。学校が終わり街に夕日が差すと、彼女は妹と手をつなぎ「納豆買ってくださーい」と大きな声で呼び掛けながら歩き回っているそうだ。だが「売れない」と毎日落ち込んでいるので、助けになろうと弘子は手伝いを引き受けた。

ところが始めてみるとうまく声が出せない。桂子にも「それじゃ聞こえないよ」と指摘されてやり直すが、どうしても恥ずかしさに勝てなかった。結局、弘子は10日ほどで挫折してしまったが、桂子たちはそれからも、日暮れの家並みに飯の種を求め続けた。

芸者の卵たちも障害を持った良男も、二人の母を失った桂子も、それぞれがそれぞれの境遇を背にして、翌朝には同じ校舎に抱き込まれる。皆もがきつつ、来る巣立ちの日へ運ばれていった。

5年生から6年生にかけての時期、ある恋愛映画が世間をにぎわした。3部作として公開された『君の名は』だ。そもそもラジオドラマで人気に火が付いたこの作品は、恋する男女の擦れ違いを絶妙に描いて人々を熱中させ、ついには「放送時間になると銭湯の女湯から人が消える」とまで言われるほどになった。

そういった経緯なので、映画化となれば世間は大騒ぎだ。もちろん弘子の教室でも話題になったが、大人向けの作品を鑑賞することは校則で禁じられていた。教師による映画館の巡回もあり、見つかればひどい叱責が待っている。同級生たちが観るのを断念していく中、弘子だけはその日を心待ちにしていた。

米沢に映写技師として働く叔父が居て、映画館へ訪ねていくたびに、こっそり映写室に通してくれたのだ。中には重たそうな映写機が2台並んでいて、代わる代わるスクリーンに光を当てている。弘子はいつもその部屋の小窓から映画をのぞかせてもらった。

さらに特別なことに、叔父は必ず向かいの店に出前を頼んでくれた。届くのは大好物の「中華そば」だ。けたたましいフィルムの回転音にじゃまはされたものの、弘子は丼から上がる湯気を浴びながら映画を楽しむことができた。

ついに『君の名は』の封切りを迎えた。いつもの小窓から客席をのぞくと、見たことのないほど人で埋め尽くされていた。通路まで立見客でふさがっている。その眺めに圧倒されていると、群衆の中の一人が手招きしているのに気付いた。どうやら映写室の方に、いや、弘子に向かってだ。

叔父だった。せっかくだからと弘子の席を確保しておいてくれたらしい。ちょっとした身動きすら難しい密集をかき分けて、弘子は何とか叔父の元にたどり着いた。

やがて物語は山場を迎え、周りの女性はハンカチを目に当てたり、はなをすすったりしだした。それがなおスクリーンに情感を添え、観客の涙腺を刺激する。その時、弘子の嗅覚に触れる何かがあった。

「はいごめんなさいよ、すみませんね」

間もなく聞こえてきたのは叔父の声だ。

叔父は暗闇の中、感極まる人々を押しのけてこちらへ近づいてくるようだ。肩と肩とをぶつけ合う客たちの隙間から見えたその姿は、手に何かを持っていた。

弘子は目を凝らす。お盆に載せられた中華そばだった。

匂いはこれか。手元に到着した丼が、より強い芳香を鼻の奥に押し込んでくる。隣には、ご丁寧に水の入ったコップまで並んでいた。

「弘子、伸びないうちに食え」

言い残して叔父は群衆の向こうに消えた。

映写機はスクリーンに物語の最高潮を描く。だが客の視線は弘子に集まった。離れていても感じた匂いだから、きっと場内に充満しているのだろう。画面の明かりを借りて、湯気がその形を暗がりに現した。

ついに主人公たちが愛を交わす。

――伸びないうちに食え。

麺をすする大きな音が響いた。涙で目を光らせた観客が、一斉にその端をつり上げた。


良男は1年ほどでひらがなを覚えた。句読点や小さい文字を使うのはまだ難しいようだが、意味の通る文章を書けるようにはなっている。学習を通して弘子にすっかり心を許したようで、教室の外でも決まって後を付いてきた。

海沿いの湯野浜温泉へ修学旅行に出掛けた時も、行動は常に一緒だ。初めて波や砂浜を見た感激を分け合い、食事や買い物の間も離れず、互いに笑ったり、ちょっとしたけんかをしたりして過ごす。ただし夜だけは「お漏らしをするから」という理由で、彼は教師と布団を隣り合わせにした。

やがて卒業の日がやって来た。弘子には賞を与えると事前に伝えられていた。「友達を助けながら自分も勉強を頑張った」という理由だそうだ。

「6年1組、角田弘子」

校長から表彰台に呼ばれた瞬間、会場に物音が響いた。振り向くと皆が座っている中で、良男だけが立っている。彼は両手を勢いよく頭上に放り「バンザイ、バンザイ」と叫んだ。

皆あっけに取られてか、一時、辺りが静まる。間もなく会場に笑い声が響いた。

それは列席した親たちが発したものだった。成長する彼を囲んできた児童は、頬を緩ませて見守ることはあっても、声を上げて笑ったりはしない。弘子の母だけが、ここに姿を現さなかった良男の両親への気持ちも相まってか、複雑な表情で頬に涙を伝わせていた。弘子も静まる同級生と笑う大人とを見比べながら、母が泣いた訳を理解し、自らの目の奥からこみ上げてくるものをこらえていた。

式が終わり、皆がそれぞれの境遇を背に小学校を後にした。ある子は芸者になるための修業を続け、ある子は家計を助けるために働きながら、肩をそろえ次の学び舎へ行進する。だが良男とはここで道を別にした。彼は隣の市に新設された養護学校へ入ることになったのだ。親の元を離れ、寮住まいを始めるのだという。

赤湯中学校での新しい生活はせわしなく時を運び、間もなく烏帽子山の桜がまた温泉街の色彩を華やがせた。

「ちょっと来なさい」

弘子は唐突に教師から呼び出された。

何か悪いことでもしただろうか。恐る恐る席を立つ。

聞くと、客が訪ねてきているそうだ。誰だろうと考えながら言われた部屋まで廊下を歩く。戸を開けると、輝くような赤が真っ先に目に飛び込んできた。中に立っていた女性が履いているハイヒールの色だった。

女性は長いスカートをひらつかせ、唇にも鮮やかな赤を配している。学校という空間ではまず見られないなまめかしさをまとっていた。

「弘子さんですか？」

目を見て問われ、返事をすると女性は「良男の母です」と明かした。

「大変お世話になったそうで、本当に何とお礼を申し上げたらいいかわかりません」

感謝を述べる口元が、都会の夜の気配をちらつかせる。途端に、彼女は耐えかねたように声を上げ、表情を崩した。

「良男が死んだんです」

弘子の何もかもが止まった。

死因は「心臓まひ」だという。彼女はその知らせを受けて東京から帰ってきたそうだ。すでに葬儀はひっそりと済ませ、良男が暮らした部屋の片付けも終えたという。

彼の母は震える手をバッグに差し入れる。現れたのは封筒だった。良男の勉強机から見つかったものだそうだ。

弘子は手渡された封筒の中身を確かめる。帳面を破り取ったのであろう紙切れが折り畳まれ入っていた。開くとそこには、見慣れたぎこちない筆跡があった。

かくたひろこちゃんへおれはひろこちゃんがだいすきだいつもいつもべんとうおれさくれたよしおくんからだおつきいからべんとうたりないべいつぱいけえつてくれたじもおしえてくれたいじわるされるとたすけてくれたそれからおれのかあちゃんいいひとだとみんなにいてくれただからおれひろこちゃんだいすきだほじやさいならひろこちゃんへよしおより

彼の不格好なひらがなが、弘子の視界でさらにゆがんだ。

部屋を出た良男の母は、何度も振り返っては頭を下げつつ遠ざかってゆく。真っ赤なハイヒールが床を打って、硬い音を廊下に響かせた。

第11幕　サクラ追分《おいわけ》

突然だったのよ。お母さんが急に決めて、あれよあれよという間に長屋から引っ越しということになったの。わたしが中学2年の時ね。

その家は温泉街の「栄町」という地区にあって、もともと、ある夫婦の持ち家だったの。旦那さんは職人でね。自宅の一部を作業場にして、キセルの吸い口だとか雁首だとか、いろりで使う灰ならしだとかを作ってた。そうやって小さい娘二人と暮らしていたんだけど、奥さんが早くに病気で亡くなったの。

それで、旦那さんが一人で子どもたちを養うことになった。しばらくして仕事のために東京を訪ねた際に、ある芸者さんを見初めたんだって。相手が同じ東北の出身ということもあって、気が合ったんでしょうね。再婚が決まって、その人は赤湯にやって来た。

そうしたら、今度は旦那さんが病気で亡くなったの。まだ50いくつでね。もうそのころ、下の娘は教師として米沢へ働きに出てたから、家には長女と後妻さんの二人よ。もちろん職人仕事はできないから、布団屋に鞍替えして生計を立ててたんだけど、なかなかね、苦しかったみたい。

そのくらいの時期かな。奥さん、わたしのお母さんと仲良くなったの。「禮ちゃん」なんて親しげに呼んでた。さすが元芸者というか、いかにも甘え上手な雰囲気だったな。

ある日、奥さんが得意の猫なで声でお母さんに相談してきたんだって。

「ねえ禮ちゃん。誰かいい人、知らない？」

お母さんにもほら、おトウさんが付いて生活を助けてくれてたから。それを知ってたんでしょう。旅館に来る按摩のお客に、目ぼしい人が居たら紹介してくれって。

お母さんはおせっかいなくらい面倒見がいいものだから、程なくお呼びが掛かったお客と引き合わせたの。妻子のある人だったけど、ちょうどこっちで遊べる相手を探してたみたいでね。ずいぶんと羽振りのいい人だったらしいよ。

それでまあ、相性が良かったのね。愛人関係になったわけ。そのころ、家の跡継ぎが要るというので長女に婿を取らせたの。しばらくして長女夫婦に男の子が生まれて、家は奥さんと長女夫婦、その息子の四人暮らし。そこにこの「旦那」が通い詰めるという形になった。

少しして、また奥さんがお母さんに甘えてきたの。「手伝ってほしいことがあるから家に来て」って。わたしも付いていったんだけど、何をお願いされたかって、部屋の仏壇を裏返しにしてくれだって。元の夫とその前妻とに見られてるんじゃ気まずいってことらしいのよね。

「罰が当たらないかねエ」

お母さんもわたしも気が進まなかったけど、結局、言う通りにしたの。

そうしたら今度は、お婿さんと子どもがじゃまになったのね。離婚させて二人とも家から追い出した。長女だけは、布団屋で稼がせなきゃいけないからって置いておいたの。

さすがにそんな仕打ちに耐えられなくなったんでしょうね。長女は家を飛び出して東京で働くことにしたみたい。もはやその住まいは、誰一人として元の家族が残ってないのよ。

しばらく経ったある日、ラジオから「全国指名手配中の詐欺師が捕まった」ってニュースが流れてきたの。しかも確保されたのは赤湯だって。

羽振りが良かったのは、つまりそういうことだったのね。奥さんが知ってたかはわからない。いずれにしても世間体が悪くなって、奥さんはまたお母さんを頼ってきたのよ。

「安くするから、あの家を買ってくれない？」

おトウさんも負担してくれたのかもしれないけど、お母さんの仕事もだいぶ軌道に乗ったころだったからね。それなりに蓄えはあったんだと思う。

そんな事情だから急な引っ越しだったわけよ。

お金を受け取ったらその奥さん、あっという間に消えた。近所の人が物音一つ聞かなかったって不思議がるくらい、たんすから机から何も残さずに、神隠しみたいに居なくなったの。

（取材手帳より）

＊

その日の学校には、朝から事件の気配が漂っていた。教師たちは落ち着きがなく、普段は校舎に居るはずのない置屋の女将までが加わって、同じようにあたふたしている。

何が起こったのかと気にしていると、担任の教師が弘子に手招きをしてきた。弘子はそのまま職員室へ来るよう促された。

「彼女たちが2日前から行方不明なんだ」

告げられた瞬間、弘子の脳裏に二人の顔が浮かぶ。

――あの子たち、本当に実行したんだ。

教師は行き先について聞くつもりだろう。だが弘子には守るべき約束があった。

小学5年生の時に転校してきた彼女たちとは、そのころから交友があった。

静江は長野県、みゆきは栃木県からやって来て、将来は芸者になるため置屋で稽古を重ねている。とはいえ、どちらも貧しさゆえ家族から売られた身だ。望まぬ進路に心までは捧げられないようで、やがて女将にも反抗的な態度を見せ始めると、学校では「どうせ末は芸者よ」と勉強すら放棄した。

弘子は静江とみゆきの嘆きに耳を傾け、時になぐさめもした。だが二人が前向きになる様子はなかった。

先を案じた担任が二人を職員室に呼ぶと、彼女たちはやはり「芸者になりたくない」と訴えたそうだ。担任は置屋の女将に相談すると約束し、中学校だけは卒業するようなだめたという。さらに担任は、学習の遅れを取り戻すため、稽古の後に自宅で勉強を教えようと提案した。

彼女たちは苦い表情を変えなかった。だが愚痴を聞いてくれる弘子のことは頼りにしていたのだろう。「弘子も一緒に」という条件が守られれば、稽古後の勉強をしてもいいと返したらしい。

「角田にばかり迷惑を掛けるな」

担任の叱責を、二人はすねた横顔で受け流したという。

結局、弘子は夜ごと静江とみゆきを置屋へ迎えに行くことになった。それでも勉強に乗り気ではないらしく、二人とも渋々といった表情で担任の家へ通う。そのまま半年が経過したある夜のことだった。

「わたしたち、家出するかもしれない」

担任が席を外した隙にみゆきが耳打ちしてきた。

弘子は仰天して、まだ担任が近くに居たらまずいと部屋を見回す。

「どこに行くつもり？」

小声で返すと、彼女は栃木県の地名を答え、実家に帰ると明かした。静江も付いていくのだという。

「誰にも話しちゃだめよ」

深刻な雰囲気に気おされて約束はしたものの、あまりに突飛な計画にそれが現実になるとは感じられなかった。

だが二人は行動に移したのだ。

「2日前から行方不明なんだ」

担任が言うには、彼女たちは「稽古のため」と学校に欠席の届け出をしていたという。だが置屋から姿を消したと発覚し、たちまち騒ぎになった。担任は弘子なら何か知っているはずだと考えたのだろう。

職員室の緊迫が伝染して、どんどん鼓動が高まってゆく。

「何か思い当たる節はないか？　どんな小さなことでもいいいなだげんど」

弘子は口を閉ざし、しばらくそのままでいた。だが担任の蒼白な顔色を見ているうちに、大人を困らせてはいけないという気持ちに責められる。耐え切れずとうとう、わずかに開いた唇から声を漏らした。

「……家出です。きっと」

担任の叫ぶような反応が、瞬時に職員室の目を弘子に集める。彼女たちとの約束が脳裏をよぎるものの、もはやここで言葉を絶てる状況ではない。

「栃木に帰るって言ってたから、……そっちへ向かったのかも」

聞くやいなや、教師たちは列車の時刻表に群がる。間もなく、東京行きの急行に乗るためどたばたと学校を出ていった。

それからの授業は耳に入らなかった。心の中で静江とみゆきに何度も詫びながら、同時に無事を祈る。やがて終業の鐘が響いたが、弘子は下校せずに職員室の前に立ち、それ以上足を動かさずにいた。

日が落ち始めたころに職員室の電話が鳴った。待機していた教師の一人が素早く受話器をつかむ。その動作を周囲の厳しい視線が追った。

直後に職員室で拍手が起こった。二人が保護されたらしい。ふと全身の力が抜け、弘子はその場にへたり込んだ。窓から差す夕日が、弘子のうつろな体を着色した。

静江とみゆきは福島県で発見されたという。白河駅近くを線路に沿って歩いていたらしい。すぐ赤湯に連れ戻されたそうだが、弘子に顔を見せに来ることはなかった。

新潟の保護施設へ移ると人づてに聞いた。それからも連絡はなかったので、弘子が彼女たちに謝る機会は与えられぬままになった。

少し経ってから、みゆきの実家には誰も残っていなかったと判明した。父と母はみゆきを置屋に預けてすぐ自殺し、弟は施設に入ったそうだ。長野に居たはずの静江の家族も、離散して行方がわからないという。彼女らが帰ろうとした故郷には、むごたらしい事実しか待っていなかったのだ。

二人が住んだ置屋の前を通り掛かるたびに、弘子は夜の勉強会を思い出す。笑って暮らしていてほしい。そう願うことが、できる罪滅ぼしの全てだった。

――今、浅草のストリップ劇場に居ます。

手紙に記されたその一文が、弘子をしばらく呆然とさせた。真っ白な脳裏に、薄墨で描いたような回想がにじむ。

「小学4年生。東京から来たの」

初めて会った日の、順子の声がよみがえる。大人びた表情に反して、自分を表に出すのが苦手そうな子だった。料亭の「裏」で母親の秘密を見てしまった時の、彼女の涙と消え入りそうな姿を浮かび上がらせて回想は閉じていった。

三つ年が違ったので、順子は弘子よりも先に中学へ進んだ。東京の空襲から逃げる途中で父と兄姉を亡くし、母と二人きりの境遇だ。卒業後はすぐ働きに出るつもりだったらしい。

教師を頼り、東京の町工場に勤め口を見つけてもらったそうだ。家族を失った悲しみが宿る土地だったが、かつての幸せが眠る街でもある。集団就職列車に乗り込み上京する彼女を、弘子は夜のプラットホームで見送った。

「東京で稼いだら、いずれはお母さんを呼んで一緒に暮らすつもり」

別れ際に順子が話した望みに偽りはなかった。だが彼女は本当の計画を隠していた。

町工場への就職は、東京へ出るための手段に過ぎなかったらしい。順子はかねての腹積もり通り工場をすぐに辞め、浅草の劇場に向かった。彼女の容姿だから、年齢の二つや三つはごまかせたのだろう。今はいつかストリッパーとして舞台に立つため見習いをしているのだという。

――自分で決めた道なので。

その一言を添えて、手紙の中の順子は希望に満ちた未来を語っていた。

友人との別れが相次ぐ中学生活の始まりだったが、新しい出会いもあった。県内の小さな村から転校してきた和代は、ひときわ朗らかな子だった。それが苦しみの反動であるとわかるのは、彼女の素性を知った時だった。

和代の生家は大きな川のそばにあるそうだ。両親は日ごと川に簡素な舟を出し、小さな魚やじょうを獲った。それを対岸の町へ売りに行くのだが、とても娘２人と息子２人を食わせられるような金にはならなかったという。

そこで、すでに働きに出られる年になっていた和代の姉が、独り赤湯へ移った。置屋の春本を頼って稽古を重ね、芸者の稼ぎで実家の生計を助ける。だがしばらく経ったある時、両親に異変が起こった。

原因は栄養失調らしい。父も母も視力を失い働けなくなった。和代の弟たちは児童相談所に預けられ、彼女自身は姉の元に身を寄せる。それが転校のいきさつだった。

和代が越してきたのは弘子の近所だったので、彼女はもちろん、彼女の姉もたまに見掛けることがあった。和代と年が離れているからか、若い母親と言われても信じられそうな姿だった。

姉はすでに一本立ちしているという。「一本立ち」とは置屋から独立することだ。赤湯では半玉に経済的な援助者である「旦那」が付くと、晴れて一人前の芸者として一本立ちを認められた。

着物は振袖から留袖に変わり、さらに衿の一部を外側に折る。これが目印となった。

一本立ちが決まった芸者は「お披露目」として、女将と一緒に街の各置屋と旅館へあいさつ回りをする。弘子はこの光景が昔から大好きで、女将に連れられて歩く芸者を表で目にすると、必ず後を付いてやや離れた所から眺めていた。

訪問された側は祝儀を渡す決まりらしい。これを集めたものと、旦那が半玉を引き受けるに当たって置屋へ入れる金は、合わせれば相当な額になる。だからか半玉の旦那探しは、本人よりもむしろ女将が積極的に動くそうだ。

和代の姉も旦那を得て、春本から独立していた。和代との住まいを「一人置屋」として、仕事が入ればそこからお座敷へ向かうという。

「面倒を見てやってね」

妹に寂しい思いをさせたくないのだろう。弘子は彼女の姉から友達になってやってほしいと頼まれた。

弘子と和代はすぐに打ち解けた。貧しさや目の見えない親など、共通するところが多かったからかもしれない。彼女のはじけるような明るさも理由だろう。いろいろな話をしているうちに、弘子は彼女が高校へ行きたがっていると知った。

――わたしは中学を卒業したらどうなるのだろう。

ふとそんな考えが頭をよぎった。

親から決められた将来に逆らう静江とみゆきを見た。母親のために順子が夜の世界へ飛び込んだと知った。そして進学を望む和代が居る。一方で弘子は、自分で行く先を選ぼうと思ったことすらなかった。

振り返れば、そうなるように育ってきた。

母が再婚を勧められていた時期は、まさにその始まりだろう。持ち掛けられた縁談に悩む母の横顔を盗み見ながら弘子は、いつも後の筋書きを想像した。

母が裕福な家に後妻として入れば、暮らしは安定するだろう。目の代わりとなって世話してくれる人も、弘子の他にできるはずだ。母は親子が離れ離れになるのを望まないだろうが、相手がそれを許さなければ、弘子を養う誰かが要る。当時、母の頭には二つ考えがあるようだった。

一つは、弘子を養女として欲しがっている夫婦の元へやることだった。夫婦は群馬県桐生市で呉服問屋を営んでいて、赤湯まで行商にたびたび足を運んでいた。初めて弘子を見たのは戦後間もなく、浪之丞一座がやって来ていたころだという。

温泉街には「木賃宿《きちんやど》」と呼ばれる旅宿がいくつかある。食事の提供がない分だけ安く泊まれる所なので、一座はそこに滞在していた。呉服問屋の夫婦も同じ宿を利用し、置屋を訪ね歩いては芸者向けの高級な着物を売っていたそうだ。宿の広間が一時的に浪之丞たちの稽古場になっていて、夫婦は好奇心からたまに様子をのぞいていた。そこで目に留まったのが、踊りの特訓を受ける弘子だったらしい。

「あれは、もござい子でよ」

宿の主人は夫婦にそう教えた。

「もござい」はこの辺りの方言で「かわいそう」という意味だ。宿の主人は祖母の政江と親しかったので、弘子の境遇にも詳しかった。父や生まれたばかりの妹を亡くしたこと、目の悪い母には縁談が来ているので、いずれ親子は別れるかもしれないことなどを話して聞かせたという。

子に恵まれなかった夫婦にとっては巡り合わせだった。呉服業は順調そのもので、芸者たちが着飾るごとに富は増えてゆく。欠けているのは子の存在だけだそうだ。

「踊りでも琴でも好きなものを習わせてあげる」

夫婦は弘子をそう口説いてきたが、再婚の話がまとまったわけでもないのに、母の元を離れる決心などできるはずがなかった。

夫婦も容易には引き下がらない。それからも赤湯に来るたびに、母や政江に「弘子が欲しい」と訴え続けていた。

母の考えるもう一つは、やはり芸者への道だ。浪之丞一座の舞台に立ち、分春本の女将に認められて以来、勧誘が絶えることはなかった。赤湯の置屋からはもちろん、わざわざ県外から説得に来る例の「やり手婆」も居た。

いずれの考えも、当時は実現しなかった。だが母はどうするつもりなのだろうと顔色をうかがう日々の積み重ねによって、自分の身は母次第なのだという現実を教え込まれてきたのだ。

——わたしの将来はお母さんが決める。

弘子にある展望は、今もそれだけだった。

ある時、母が中古の家を買い「栄町」へ引っ越すことになった。そこもまた活気に満ちた一角だ。そばにストリップ小屋があるからか、夜更けに聞こえてくる喧騒は長屋の時とは違った色を帯びている。春本や分春本もすぐ近くだ。母はどちらの女将とも親しかったので、自然と弘子も女将たちと顔を合わせる機会が増えた。

分春本の女将は、相変わらず事あるごとに芸者になるよう誘ってきた。夜ごと熱気に蒸れる歓楽街だから、新しい成り手はいつだって欲しかったのだろう。

片や、かつて一流芸者の藤松を抱えた春本の女将は、意外にも弘子の心積もりを尋ねてきた。

「中学を出たらどうするか考えてるの？」

弘子は答えられない。それは母にすべき質問だった。

「置屋に行くつもりなんだろ？」

やはり答えられない。日頃から街のにぎわいを目の当たりにしているので、お座敷で踊る姿は頭に浮かべやすい。だがいずれにせよ、母が指さした方へ歩くだけだ。

女将は胸中をのぞくようにしばし間を取ってから、弘子の名を呼んだ。

「芸者にだけは絶対なるなよ」

つい短い声が漏れた。

幕間

＜遺言＞

昭和19年8月、横須賀での面会時に、勇吉が奉公袋に入れて禮子へ渡したもの

妻・禮子へ

一、応召前ハ良ク勤メテ呉レタ。感謝ニ堪エナイ次第デス。召集ノ命ニ依リ家庭ヲ忘レテ国家ノ為ニ一死奉公ノ決意ヲ以ツテ入隊致ス覚悟デス。応召後モ俺ノ在家当時ノ如ク良ク家庭ノ事ニ注意シ良キ銃後ノ召集者ノ妻トシテ勤メテホシイ。

二、何モナキ家庭故、後日ノ為ニ借金ヲナサラナイ様ニ注意シ叉出来ル限リ勤メテ弘子千恵子ヲ養育シ国民学校卒業後ハ女子トシテノ職業ト思フ産婆カ理髪士ニテ身ヲ立タセテ載キ度イ。日頃体ニ注意ヲナシ健康デ子供ノ成長ヲ頼ム。

第12幕　いで湯の灯

呉服屋さんの養女にって話は、結局お母さんが断ったの。口寄せのおばあちゃんに、というか、その人が降ろしたおじいちゃんに言われたでしょう。「この子を手放すな」って。それが大きかったのよね。あの時にお母さんは、何があってもわたしと一緒に生きるって決めたんだと思う。ものすごくがっかりされたみたいよ。向こうは「弘子ちゃんの望むことは何でも」って、そのくらいの気持ちだったからね。

でもね、後になってみればそれで良かったのかもしれない。話をくれた時は裕福な呉服屋さんだったけど、終戦後から洋服を着る人がどんどん増えていったでしょう。それで立ち行かなくなっちゃったみたいで。もしわたしがもらわれてたら、どうなってたか。

時代に負けたのは、芸者もそうよね。

（取材手帳より）

＊

春本の女将は、すでに芸者置屋から温泉旅館への商売替えを進めていた。「旦那」が金を出してくれたらしい。向かいの土地も買って同じようにするという。旦那は材木屋だそうで、資材を安く調達できるのだろう。

置屋から旅館への転換は、使われる側が使う側にのし上がることでもある。他の置屋からは非難が飛んできているそうだ。女将と仲の良い母は「妬まれるくらい実力があるってこと」と励まし、女将自身も「気にしていたら何もできやしない」と笑う。女将は先を見通していたのだろう。たとえ温泉街の繁盛が続こうとも、これまでと同じ遊び方をする客は居なくなると語った。

「芸者の時代は終わりだよ」

春本は「紅梅《こうばい》」の看板を掲げた旅館に生まれ変わり、やがてその向かいにも「白梅《しらうめ》」が完成する。一方、弘子を事あるごとに芸者の道へ勧誘してきた分春本の女将は、そのまま置屋を続けた。

弘子は春本の女将に言われたことを母に告げた。

「『もし高校に入れるならそうしな』って」

同級生の多くは、卒業したら集団就職列車に乗って東京へ出てゆく。地元に残る子も、行き先は製糸工場や缶詰工場、農家であれば親の仕事を手伝う。女将は、可能なら進学して勉強を続けるよう勧めてきた。

母がそれまでどうするつもりでいたのかはわからない。だが弘子の話を聞いて、しばらく何か考え込んでいる様子だった。

岐路の前で足踏みする弘子にとって、スターの座へ駆け上がってゆく若者たちはひときわ輝いて見えた。熱心に聴いていたラジオドラマ『笛吹童子《ふえふきどうじ》』が映画化された時には、主演の「中村錦之助《きんのすけ》」に魅了された。それ以来、彼が自分の兄だったらと心の中で慕い、ブロマイドを集めながら次の作品を楽しみにするようになった。

そしてやはり特別なのが美空ひばりだ。中村錦之助と共に東映との専属契約を結んだ彼女は、映画に音楽にと華々しい活躍を続けている。弘子は毎月届く少女雑誌に写真が載れば切り抜き、夜にはラジオの前に張り付いて『平凡アワー』や『コロムビア・アワー』などの番組で、歌声が流れるのを待った。

間もなく四国や九州を回る公演が行われるのだという。

――近くに来るなら、絶対にひばりちゃんをこの目で見たい。

期待に胸が膨らむ。だがそこに、悲痛な事件が突き刺さった。

昭和32年1月13日、東京浅草の国際劇場に出演中だった美空ひばりが、観客の一人から顔を狙うように塩酸をかけられたのだ。その場で取り押さえられた犯人はひばりと同い年の19歳少女で、山形県米沢市の出身だという。

製材業を営む家に末っ子として生まれた彼女は、物心つく前に父を亡くしている。中学生の時に映画を通じて美空ひばりに出会い、それからはラジオにしがみ付くようにして歌を聴いていたそうだ。彼女の母いわく、人前では口もきけないほど内気な子だったらしい。

中学を卒業して地元で働き始めたが、社員旅行中に姿をくらまして警察沙汰になったり、付き合っている男性に何も告げず失踪したりしたそうだ。いずれも行き先は東京だったという。その後、再び家出同然で上京し、ある家の女中になった。

――いつかひばりちゃんに会えるかもしれない。

そんな動機からだろうと推察された。

事件の2日前、彼女はまた雇われ先の家から消えた。上野の旅館に泊まってひばりの出る劇場に通い、薬局で塩酸を手に入れる。華やかな羽を広げてゆくひばりと、みじめな自分を比べるうちに、熱烈な愛はいつしか憎しみに変わっていたのだという。

――ひばりちゃんかんにんして。私は本当に悪い人間です。

事に及ぶ直前、彼女は手帳に油性ペンでそう書いていた。

幸い、ひばりの顔に痕が残ることはないらしい。だが予定されていた四国と九州の公演は中止となった。復帰までは長くかからないそうだが、犯人が米沢の生まれだったことを考えると、近くで公演が開かれる望みは捨てざるを得ない。弘子にとっては驚きや失意と同時に、華やかな世界が放つ光のすさまじさを実感する出来事だった。

一方で、夜の街はその灯を落としつつあった。

去る昭和31年5月、弘子が中学2年生になってすぐのころに「売春防止法」が制定された。売春は女性の人権を害するとかねて問題視されてきたが、度重なる議論を経て法律として結実した形だ。条文には翌年4月に施行、刑事処分が適用される完全施行はもう一つ明けて昭和33年4月からとあった。

これによって、売春で客を呼んでいた店は全て閉鎖か転業かの選択を迫られる。制定直後こそ「社会に必要なものだからなくならない」「完全施行までにはいい解決策が見つかる」と楽観する経営者も多かったが、時が経つにつれて看板を下ろしたり掛け替えたりという姿が増えてゆく。伯母のとめ子が勤めていた米沢の料亭もまた「裏」の顔をしまうこととなった。

赤湯には「芸者学校」と呼ばれる所が開かれていた。売春防止法の成立を受けて「芸を売るから芸者」という言葉が建前のままではまずいと判断したという。本分に立ち返るため、名のある師匠を呼ぶなどして芸の向上を目指す。そこへ、失業した娼婦が駆け込んできた。

彼女たちは芸者に転向するため、これまでの経験を忘れて一から教えを乞う。厳しい稽古に耐え、晴れて卒業すると「半玉」の肩書を与えられた。だがお座敷に出て支払われる報酬は売春で得る額とさほど変わらず「割に合わない」と不満が続出したそうだ。

それらの店に代わって全国的に勢力を伸ばしたのが、女性社交係による接待や、有名人を招いてのショーを売りにするキャバレーだ。県内では、まず山形市の旧赤線地帯にキャバレー「ソシュウ」が開業し、明かりの消えかかった街を再び輝かせて各地から大勢の人を集めた。

これには売春防止法で仕事をなくした女性たちの受け皿という役目もあったそうだ。接客についての教育があるとはいえ、踊りや唄、三味線などの芸者修業と比べれば敷居は高くなく収入もいい。ソシュウはたちまち200人以上のホステスを抱えるまでになった。

「金ならいくらでも出してやるから」

卒業が近づいてきたある時、おトウさんも弘子の進学を後押しした。

母の胸には父の遺言があったのだろう。

――女子トシテノ職業ト思フ産婆カ理髪士ニテ身ヲ立タセテ戴《イタダ》キ度《タ》イ。

暮らしていけるだけの技術を身に付けるためにと、母も弘子の高校行きを決めた。

進学する同級生は2割ほどで、その中で弘子の親しくしている3人が米沢に通うつもりだという。弘子も一緒にと望んだが、これは母の反対に遭った。もし吹雪で汽車やバスが止まって帰ってこられなくなった場合、目の悪い母が迎えに行ける距離ではないからだそうだ。

ちょうど買ってもらった自転車があるので、それで通える所へと母はかたくなだ。隣の宮内町の学校には「普通科」の他に「家庭科」「商業科」「農業科」がある。手に職を付けるならと、母は弘子を「家庭科」へ行かせようと決めた。

友人の和代も同じ高校へ進学したがっていた。彼女は利発で成績が良かったので「普通科」にだって合格するはずだ。だが離れて暮らす目を患った両親へはもちろん、赤湯で養ってくれている姉へもその希望を打ち明けられずにいた。

芸者として働く姉は、確かに和代の親代わりをしてくれた。だが生活費に関しては、ほとんどを姉の「旦那」が払っていたのだ。

旦那は「馬喰《ばくろう》」と呼ばれる馬の売買の仲介人だった。扱うのは主に田畑を耕すための馬だという。買い手の多くは手広く商売をしている農家なので、取引額も大きかったらしい。財力はそこから来ているのだろう。

養われる立場の姉に、和代は進学に必要な金を頼れなかった。高校へ行きたい。彼女はその本心をしまい込み続けた。

「学費はおじさんが出してあげよう」

和代の様子に察するところがあったのか、ある日、姉の旦那が優しく話し掛けてきた。驚いたが、断る訳はない。和代の目の前にかかった霧がにわかに晴れていった。

弘子の初めての「友達」である桂子とは、ここで進路を別にすることになった。母の死によって老舗旅館を追われ、かわいがってくれた継母を失い、彼女は商売下手の父と年の離れた妹との三人暮らしだ。高校に通う余裕など当然ない。できるだけ家計への負担を減らそうと他市に住み込みの仕事を見つけたそうだ。

しばらくして、弘子に試験の結果が届く。そこには目を疑う文字があった。

「だって、家庭科のはずでしょう」

内容を知った母も血相を変えた。

弘子が受け取ったのは「普通科」の合格通知だった。母は怒りをあらわにして家を出る。いつもは母の手を取って表を歩く弘子も、この時は引きずられるように付いていった。バスで宮内に着くやいなや、母はずかずかと校門を抜けて校長室へ乗り込んだ。

「縫い物を覚えさせるつもりで家庭科を選んだんですけど」

何かの手違いだろうと母が問い詰めると、校長は褒めたたえるようなしぐさをして笑った。

「優秀な娘さんを持って幸せだごで」

試験の点数が普通科の合格基準にまで達していたので、学校側でそちらに入れようと決めたそうだ。「これなら大学へ進むこともできる」と校長は母を喜ばせようとする。母は「そんな幸せなんて要らない」と突っぱねた。家庭科に戻してくれと粘ったものの、結局、一度された決定は覆らなかった。

似た例は他にもあったようだ。ある男子は父親が郵便局に勤めているので、同じ職に就くために「普通科」を志望したという。だが彼の場合は試験の点数が基準に届かず、合格通知には「農業科」と記されていた。

家には田も畑もない。1年待って受験し直すわけにもいかず、彼は渋々ながら入学した。実習で慣れない肥桶《こえおけ》を担ぎ畑を歩いていると、事情を知っている他科の生徒が通り掛かる。

「おおい、ダラ汲み。精出せよ」

からかう声に彼は苦笑いを返していた。

ともかく、新しい春は始まった。弘子は毎朝、母に似ず華奢《きゃしゃ》な体を自転車に乗せ、爽やかな風を浴びながら登校する。おトウさんは「これからは高校を出ただけではだめだ」と話しているから、普通科に入れられたのはかえって良かったのかもしれない。勉強も中学の時から苦手な英語を除いては順調だ。

赤湯の中学から進んできた子はわずかだが、同級生だった「成子《しげこ》」と普通科で一緒になれたのはうれしかった。成子は農家の中でも温泉街の近くに住んでいるからか、よく気が合う。また人と距離を置きがちな弘子へも積極的に話し掛けてくれるので、彼女の存在は高校生活をさらに明るくしてくれた。

ただ周りから聞こえてくる言葉に、少し引っ掛かるものがあった。

「赤湯なんてよ、色街だべ」

宮内育ちの子たちが何気なく発するそれには、おそらく口にした本人も自覚できないくらい日常化した差別が張り付いていた。

最初の夏休みが間近に迫り、身の丈ほどに伸びたひまわりが運動場を囲んだ。弘子は午後の陽光を反射する黄色の花弁に見つめられながら、転がる球を懸命に追う。その日、女子の体育はソフトボールだった。

額が汗にまみれているのは、暑さと球を捕まえられない焦りからだ。だが、ふとそれらの一切を断つ短い音が耳を刺した。

——誰かに写真を撮られた。

この瞬間に弘子の高校生活は、その色を反転させた。

第13幕　わたしは色街の子

わたしもいよいよ60歳が見えてきたころ、幽霊を探してくれって頼まれたの。母の性格が移ったのか、人の世話を焼くようになっちゃってね。きっかけは知り合いの大家さんからの電話だった。その人が持ってるアパートの前の公園に、夜な夜な女の幽霊が出るってうわさがあるらしいの。本当かどうか確認してほしいって。

さすがに怖いでしょう。一緒に行ってと夫にお願いしたけど断られてね。渋々、夜の10時に一人で公園に向かったの。

夏の盛り、そんな時間でも蒸し暑い日でね。着いたら大家さんの奥さんの姿もあった。さすがにわたしだけに押し付けちゃ悪いと思ったのかもしれないね。じゃあとりあえずって一応、辺りを確認した。

幽霊なんて見つからない。どうせ旅館のお客さんが酔っ払って勘違いしたんだなんて話してたら突然、背後から「こんばんは……」ってか細い声がしたの。

——出たっ。

ぎょっとして振り向いたら、白地の薄汚れた浴衣を着た女の人が立ってるのよ。長い白髪は乱れてて、袖から伸びた腕は骨に皮が付いただけみたいに痩せてる。本当に幽霊だと思って固まってたら、奥さんが「あら、吉野さん」なんて。

アパートの住人だったのよ。見た目は70代半ばかな。一人で暮らしてるみたい。わたしとはあまり話そうとしなかったけど、どうやら部屋に冷房を付けられず、扇風機すらないものだから、夜になると涼みに出てきてるってことはわかった。そりゃあ遠目から見たら間違えられるかと納得して、その日は解散したの。

だけどまた大家さんから相談されてね。吉野さんは高齢だし独りきりだから、たまに様子を見に行ってほしいって言うのよ。どうしてわたしがとは思ったんだけど、あの簡単に折れちゃいそうな腕を見たら、ずいぶん生活に困ってるんだろうなって心配になって。時々、食事を作って持っていくことにしたの。

大家さんから教えてもらった部屋の前に立って、チャイムを押す。反応がないものだから郵便受けの隙間から声を掛けてみる。そっけない返事があるだけだった。

「昆布を煮てきたんだけど、食べませんか?」

奥で物音がして、ドアがほんの少しだけ開いた。何とか皿を通したら、すぐに施錠されちゃってね。そんなことが続いたの。

しばらくしたある日、その時も郵便受けから声を掛けたんだけど返事がないの。テレビの音は聞こえてくる。不安になってドアノブを回したら、鍵が掛かってない。一応「入るよ」って断って、やっぱり何も返ってこないからドアを開けた。

初めて中を見たんだけど、もう愕然よ。膝に届くくらいの綿ぼこりが転がっていて、それが部屋一面なんだから。しかもあちこちで黒い虫が走り回ってる。

部屋の真ん中にあるこたつは、年じゅう出したままなんでしょうね。掛かってる布団がぼろぼろに破れてて、どうやらそれに足が絡まって転んだみたい。ほこりに沈むように吉野さんが倒れてた。

意識はあるけど身動きが取れないらしい。ということはだいぶ弱ってるのよね。だから起こそうとするんだけど「来るな」って叫ぶのよ。

そのままにはできないから体に触れたら、すごい熱なの。「病院に行こう」って説得しても「帰って」の一点張りで。

その時に、わたしはっとしたの。年上の人に対してずっと見下ろす格好で喋ってたって。だから思い切って隣に横になってね、綿ぼこりの中で顔と顔とを向かい合わせたの。

吉野さん、目を真ん丸にして「あなた、ここに寝たの」って。

それでようやく説得に応じてくれて、救急車を呼んだってわけ。

ただ部屋をこのままにはしておけないでしょう。清掃業者を頼んだらね、その人たちが茶だんすの裏に落ちてた写真を見つけたの。ずいぶん古いものだし、きっと吉野さんの若いころじゃないかって。

写ってたのは、白黒でも色気が伝わってくる芸者姿だった。ああ、わたしこの人を知ってる。

藤松さんだったの。

（取材手帳より）

＊

写真を撮られた。とっさに音のした方へ視線を向けると、やや離れた所に数人の男子生徒の姿があった。上級生だ。

ちょうど担任の教師がそばに居たので、カメラを持った一人を指さして事情を話す。その間に彼らはそそくさと去っていった。

担任が言うには、彼は2学年の普通科に通っているそうだ。弘子を安心させるためか、彼の立場を守るためか、担任は「真面目で優秀な生徒だ」と褒めつつ、後で謝らせると約束した。

体育が終わり、次の授業のために学校へ戻る。高校の敷地には運動場がないので、歩いて15分ほどの距離にある町営のものをいつも借りているのだ。校門を抜けると、先ほどの彼が現れた。恐縮した様子で弘子に近づいてくる。同級生の女子たちが弘子と彼に視線を集めた。

「本当にごめんなさい。一言断るべきでした」

そのきれいな発音は、この辺りで育った人のものではなかった。

彼は頭を下げると「伊藤」と名乗った。写真部だという。写真部は自分用のカメラがないと活動が難しいため、入れるのは裕福な家庭の子に限られる。そんな事情からか、2年生の彼が部長を務めているそうだ。

先ほど伊藤は仲間と一緒に運動場に居合わせていて、球を拾えずにあちらへこちらへと慌てふためく弘子がふと目に留まったのだという。

「その危なっかしさがかわいらしくて、つい」

仲間たちから「今だ」と急かされたのもあり、カメラを構えてしまったらしい。

「ちょっと驚いただけですから」

弘子は、弁解しながら照れ笑いを浮かべる伊藤にそう返した。

その時、校舎の方から色めき立つ声が聞こえてきた。甲高い口笛も鳴っている。同級生の男子たちだ。彼らは教室の窓から身を乗り出し、あたかも弘子たちが恋人同士であるかのように冷やかした。

放課後、男子たち数人が教室の隅に集まった。こそこそと話し合って「アイドル弘子を守る会」なるものを結成すると、自らを「親衛隊」と称し、やたらと弘子をちやほやし始める。彼らにとっては遊びの一つなのだろうが、それが他の女子たちを穏やかなままにさせておくはずはなかった。

ややあって、ある行事のため生徒は町営運動場に集合するよう指示を受けた。弘子は成子たち数人の同級生と歩いて向かう。しかし間もなく鈍い足取りで彼女たちを困らせることになった。

机での勉強は英語が弱点だが、実は体を動かすのも大の苦手だ。ソフトボールであたふたしていたのもそのためだし、球技どころか走ったり歩いたりさえ人並みにできない。友人たちは鈍足に合わせてくれているが、内心は決められた時間に到着できるかと焦っているのかもしれない。

ふと背後から、低い排気音のようなものが迫ってきた。何だろうと考えている間に追い越されそうな速度だったが、それは弘子の横でぴたりと止まった。バイクだ。またがっているのは奇しくも英語の教師だった。

「角田、遅れるぞ」

後ろに乗れという意味らしい。反射的に手と首を横に振った。

教師は「時間がないぞ」とさらに急かしてくる。弘子が遠慮し続けていると、友人たちの手が背中に触れてバイクの方へと押してくる。乗ってもらった方が助かるというわけか。話が決まったと見てだろう、彼女たちはほっとしたような笑顔を見せると、運動場の方へ颯爽と駆けていった。

細かい振動が弘子の全身を震わせる。バイクは緊張と引き換えに、たちまち風景を後ろへ滑らせた。友人たちを一瞬で背後に置き、さらに前を行く集団を抜き去る。「ずるい」と声が上がった。それが火を放つ号令だった。

「いい気になってる」

思えば、弘子に対する悪い感情は入学の時から溜まり始めていたのだろう。原因の一つは弘子の持ち物だ。制服はもちろん皆と同じものを着ていたが、例えば雨の日に羽織るレインコートとなると、おトウさんが買ってくれるこの辺りでは売っていないものだ。通学用の自転車も最新型だった。

そもそも他の子は上に兄や姉が居るので、お下がりばかりを使っている。何もかもが真っさらな弘子はそれだけで妬みの対象だった。

もう一つの原因は、やはり弘子の生まれた街だ。

宮内も赤湯も、アルカディアとたたえられた美しい風景の中にある。ただし宮内は「東北の伊勢」と呼ばれる熊野大社の門前町で、片や赤湯は喧騒と遊興にあふれる色街だ。比べてみれば、赤湯は見下すべき存在ということになるらしい。

ふと弘子の頭を、少し前に再会した同級生の姿がよぎった。彼女は貧しさから売られてきたわけでなく、根っから芸者に憧れてその道を歩んだ子だった。幼くして置屋に入り「玉」となって、中学校を卒業するまで勉強と稽古とに励んだ。すらりと背の高い美女に育ったその子は、高校へは進まず「半玉」としていよいよお座敷に出ることになった。夢は一流の芸者だという。

「もう、やめるの」

久しぶりに会った彼女は、赤湯を去ると話した。性病にかかって仕事がなくなったという。世は売春防止法が完全施行される寸前、客の中には初々しい半玉に金を積みたがる男が居た。

彼女は覚悟の上で芸者を目指したのだろう。弘子もまた、そういう街で生きる人々と触れ合いながら育ってきた。だが外側から見れば、それは侮蔑の対象だった。

弘子への嫌がらせは、長靴にガラスくずを入れられるまでに発展した。

憎しみの火を盛らせたきっかけは、やはり伊藤の存在だ。文化祭が近づいてきたころ、部の展示に使いたいから写真を撮らせてほしいと彼に頼まれた。上級生からの願いを断れず、モデルを引き受ける。実際にそれが校内に飾られると、鼻高になっているとうわさされた。

また用事があってある人を訪ねた時、玄関先に出てきたのがなぜか彼だった。驚いていると、弘子が会おうとしていたのは彼の兄だと知らされた。そんなやりとりをしている姿を、たまたま通り掛かった一人の女子生徒が見ていたらしい。

「うぶなふりして、陰で何をやってるんだか」

弘子が伊藤の元に押し掛けたという話になって、あっという間に広まった。

さらに悪いことに、彼は兄から預かった封筒を校内で弘子に渡してきた。それが人目に触れて、すぐラブレターだとはやし立てられる。封筒を破り中身を見せても「何とでもごまかせる」と相手にされなかった。長いため息を吐きながら帰路につく。自転車のタイヤが刃物のようなもので切られていた。

学校で起こっていることを、母にはずっと黙っていた。弘子にとっては当たり前のことだ。妹と父が相次いで亡くなった時、母が何をしようとしたか今でも頭にこびり付いている。線路に飛び込むのを思いとどまった母に抱かれて、母を守れるのはわたしだけだと知った。数ある縁談を退け、養女にやったり置屋にやったりの選択肢を捨てて、母はわたしとずっと一緒に生きることを望んだのだ。そんな母に、自分が皆から嫌われていると伝えられるはずがない。

だが傷つけられたのが心なら隠せても、自転車のタイヤならそうはいかない。新しいものに替えてもらったらまた切られ、また替えてもらうと今度は外履きを切り裂かれ、そのようなことが続けば母も何かに感づいて当然だ。それでも弘子は、母を心配させまいとありのままを口にはしなかった。

母が弘子の内心を察していたのかはわからない。だが学校での問題を詮索してくることなく、必要になったものを用意し、映画館に行くための小遣いをくれた。スクリーンで美空ひばりや中村錦之助が躍動している間だけ、つらさを遠ざけることができる。振り返れば留守番の夜も、母が愛人と会う夜も、傷つく心を憧れの存在が守ってくれていた。

過熱してゆく嫌がらせと反対に気温は徐々に低くなり、冬がやって来る。その日も下校の鐘を聞いてから、とぼとぼと玄関へ向かった。履いてきた長靴に足を入れようとした瞬間、暗い中底にわずかに光るものが見える。そっと手を差し込んでつまみ上げると、ガラスの破片だった。

長靴をひっくり返す。つま先の部分に詰められていたガラスくずが地面に散らばった。もしかかとの方にはみ出したかけらに気付かず、そのまま足を入れていたら。想像して寒気を覚えると同時に、ついに刃物の先が持ち物から自分の肉体へ向いたのだと悟った。

さすがに身の危険を感じ、担任に事態を打ち明けた。教員側も少し前から異変を察知していて、問題を把握するため密かに探ってはいたらしい。だが弘子の話した内容が思っていたより深刻だったのだろう。間もなく、全ての生徒が講堂に集められた。

入学前には母の抗議をへらへらとかわした校長だったが、この時は頼もしかった。被害者である弘子の名前はもちろん、加害者たちの名前もその場では出さず、卑劣な行為を厳しい口調で戒める。以降も同じことが続くなら、加害者の名前を発表するという忠告も付け加えた。

「これは犯罪であるから、今後は警察に届け出る。そのつもりで」

校長の迫力に、５００人以上の生徒が並ぶ講堂はしばらく静まり返っていた。

翌日から、持ち物にも体にも傷を付けられることはなくなった。だがそれは校長が一喝によって暴力を封じてくれただけで、自分が憎まれている事実に変わりはないとも知っている。あらゆる言葉が、行動が、誰かを不快にさせるような気がして、口を閉じ顔を伏せて不安と闘い続けた。

そんな弘子を教室にとどめてくれたのは友人たちだった。同じ赤湯の成子は、悪いうわさが立つたびに弘子をかばい「あんなの気にするな」と励ましてくれた。

もう一人は宮内の女の子だったが、偏見を持つことなく接してくれた。赤湯に対する差別意識の多くは、親たちから受け継いだものだという。家庭で当たり前のように交わされる「赤湯なんてよ」という言葉が、彼らから公正な目を奪ったのだろう。そんな中で、彼女が味方でいてくれることは弘子の支えだった。

しばらくして、弘子の家に手紙が届いた。差出人は上級生の男子生徒だ。「無口で暗い表情が魅力的で助けてあげたい」という内容で、ついては文通してほしいということらしい。それを境に似た手紙が毎日のように届きだす。中には学校で待ち伏せして渡してくる生徒も居た。

本当に慕われているのか、新しい嫌がらせなのか、文面だけでは判断が難しい。教師に相談するわけにもいかず、何と返事をするべきかただ困惑するしかなかった。そんな状況のまま2年生に上がり、やがて高校生活の山場ともいえる修学旅行がやって来る。

昭和34年の9月、京都と奈良を回る準備を進めながら、生徒たちは旅の中止におびえていた。21日に発生した台風が、巨大な暴風域を伴って日本に近づき、26日には和歌山県の潮岬に上陸、紀伊半島や伊勢湾の沿岸を中心に多数の死者や行方不明者を出した。その惨状はラジオや新聞で報じられ、教師たちは眉間にしわを寄せながら旅行業者と打ち合わせを繰り返した。

結果として中止も延期もなく、弘子たちは出発を迎えた。ただし状況に合わせて行程を変更するらしい。修学旅行専用の臨時夜行列車に乗り込むと、客室は始発の青森や、秋田、山形市内からの団体でいっぱいだった。

明け方に到着した上野駅で、乗り換えまでの間に朝食を取るよう教師から指示された。皆でホームに腰を下ろす。弘子は丸めた新聞紙から、母が作ってくれたおにぎりを取り出した。かぶり付くと中身は梅干しだった。

「海苔が巻いてある。いいなあ」

成子にうらやましがられてはっとした。友人たちの手元を見てみると、おにぎりは高菜やしそで巻かれている。弘子にとってはおにぎりといえば海苔が当たり前だったが、人数の多い家庭や農家からは縁遠い高級品だったのだろう。

東海道を走る汽車の窓から外を眺める。富士山が見えると聞いていたが、雄大なはずの姿は台風が連れてきた重たい雲に隠されていた。その日のうちに京都へ着くのを断念したらしく、名古屋に泊まって明くる日バスに乗る。進むごとに生々しい暴風の爪痕が現れて、バスは何度も進路を修正しながら弘子たちを運んだ。

何とか京都に着いたものの、いくつかの予定が中止となった。だが代わりにとその夜、教師の引率で祇園の茶屋を訪ねる。待っていたのは美しく着飾る舞妓だった。

あらゆるしぐさが、さりげない優雅さを帯びていた。父や浪之丞一座との思い出も宿る『祇園小唄』に合わせて、あでやかな手踊りが披露される。幼いころから芸者に囲まれてきた弘子には、それが一流の技だと瞬時にわかった。たちまち心を奪われ、うっとりとしたまま固まった。

その後に買い物の時間が設けられ、弘子は「小間物屋」の看板を見つけて飛び込んだ。櫛や口紅などが並ぶ店内の端から端までに目を凝らし、じっくり選んだ末に羽二重のつまみかんざしを手に取った。

「それ買ったら、小遣い足りなくなっぺ」

そばで見ていた成子が心配してくれた。旅行の小遣いは2千円で、確かにこれを買えば半分以上がなくなる。

「一番欲しかったものだから」

ぺたんこになった財布をしまいながら笑うと、成子はややあきれたような顔をした。

幼いころから、下駄を鳴らして歩く半玉たちに見とれていた。街の風景を一瞬にして華やかにする彼女たちは、いつもきれいに結った髪にかんざしを飾っている。京都に行くなら、同じものを必ず手に入れようと決めていたのだ。

それからはあちこちの店に出入りする友人に付いていっては、彼女たちが土産を選ぶのを眺めた。残った小遣いで買えそうな西陣織の財布を見つけて、母への土産にする。これでいよいよ小遣いはなくなったも同然だ。友人たちが楽しそうに荷物を増やしていく。それでも弘子は、憧れのつまみかんざしを連れて至福を味わっていた。

赤湯に帰ってからしばらくすると、学校の廊下の壁にたくさんの写真が貼り出された。旅行中に撮られたものだ。同行した宮内の写真屋が販売しているもので、それぞれに番号が振ってあり「どなたでもご注文ください」と添えられている。大抵は自分の顔が入っている数枚を選ぶわけだが、騒ぎはここから始まった。

弘子が写っているものを、上級生たちが買っているという。こんなことは初めてらしく、写真屋は「人気のあるお嬢さんで」と戸惑っていた。文通を申し込んでくる誰かがそうしたと考えて間違いない。

不思議な現象を目の当たりにしてだろう。数日後、写真屋の主人がコンテストに出す作品のモデルになってほしいと校長を通じて申し込んできた。大人に頼まれるとやはり断り切れない。学校が終わったらそのまま来てくれとのことだったので、校門を出て直接、店に向かった。

着替えと化粧が用意されているのかと考えていたが、本当に「そのまま」だった。放課後で、しかも自転車に乗って風を浴びてきたので、制服の襟は反り、三つ編みにした髪はほつれている。それが狙いなのか、何も直さずカメラの前に立たされた。後日、驚くことに入選したらしい。

撮影から2カ月ほど経ったころ、写真屋のショーウインドウにその作品が飾られた。表題は『美少女』とされている。これが、押さえ込まれていた憎悪の炎を激しくあおった。

あらぬうわさと中傷とに日々さらされて、正気を失ってゆく。ある朝、自転車に乗って学校へ出発した弘子は、心ともなく道をそれ、まるでかつての母のように線路の方へと吸い込まれていった。

「危ないよ」

背後からの叫び声で我に返る。止めてくれたのは、たまたま居合わせた上級生だった。

間もなく、弘子に一通の手紙が届く。今度は文通の誘いではない。大人の字で丁寧に宛名書きをされて、自宅に送られてきたものだ。

――京都で女優を目指してみませんか。

弘子は、未来が形を変える音を聞いた。

第14幕　あの山越えて

藤松さんを救急車に乗せた時、わたしも付き添ったのね。少し入院が必要だということになったから、藤松さんに「その間に部屋を片付けさせて」ってお願いしたの。

「退院したら、きれいになったお部屋で一緒にお茶を飲みましょう。羊羹《ようかん》も用意して」

大家さんに好物を教えてもらってたから、そんな約束をして病院を出たの。

藤松さんには妹が居るって話したでしょう？　同じく人気芸者の。その方は30歳を過ぎたころに身請けされて、仙台の弁護士に嫁いでたの。元の商売も姉の存在も隠すという条件付きだったそうだけどね。ただ藤松さんには他に身寄りがないから、入院したことは妹に連絡が行ったのね。わたしと大家の奥さんとで部屋の掃除をする日に、妹さんもアパートへやって来たの。

だけど部屋のありさまを見たらショックで失神しちゃって。結局、何の手伝いもせずに近くの民宿で寝込んでたよ。後で聞くと妹さんね、これまでずっと家族に内緒で、毎月１万円ずつ藤松さんに送ってたんだって。

というわけで奥さんと二人で掃除を始めた。もうね、綿ぼこりはともかく部屋の散乱がひどい。自分で料理はせずに、近くの八百屋さんで売ってる２５０円のお弁当を毎日食べてたんだね。その空き容器が大量に積み上がってる。クモの巣はそこらじゅう、鏡は曇って使い物にならない。

洗濯機を見たら、槽に使い終わったパンツやら腰巻きやらがぎゅうぎゅうに詰めてあるんだけど、どれも汚物がべったり付いてるのよ。じゃあトイレはってドアを開けたら、昔ながらの汲み取り式で。収集業者を呼んでなかったのか、便器のぎりぎりまで溜まってるの。その周りはほこりや物で埋まってるんだけど、足を置く所だけ平らになっててね。

これは手に負えないとプロに頼んだの。そしたら若いころの写真が見つかったというわけ。

昔の女将さんは、一流になると見込んだ子には家事に触れさせないって話したでしょう？　生活のにおいが付かないようにね。だから藤松さんは、一人で暮らしていくための知識を何も持ってなかったのよ。

人気絶頂の時にはかなり稼いだはずだけど、そうなれば高級な着物に帯にと出費がかさむ。その上、群がる若い男に次々と貢いでたんだもの。だから蓄えはないし、いい年になってから付いた旦那は働かずヒモになるしで。藤松さん、数年前まで2日に1度あるかないかのお座敷をこなしながら生活してたって。

お母さんが布団も毛布も持っていってやれって言うから、きれいになった部屋へ運び込んだ。わたしの服も一緒に。病院へは毎日お見舞いに行ったよ。相部屋だったから、周りの人には「妹です」ってね。

彼女が藤松さんだと知ったことは、傷つけるだろうから本人には伝えなかった。藤松さんも、置屋で会ったわたしのことは覚えてなかったでしょうね。

「今日からお風呂に入れますよ」

看護師さんに言われて、わたしが洗ってあげるよって付き添ったの。藤松さん、そこで久しぶりに鏡を見たんだね。怖いものでも見たように息を吸い込んで「これ、わたし?」って。

髪を短めに整えて、顔も剃って、お風呂から上がって驚いたよ。やっぱり元は一流の芸者だね。化粧もしてないのに、ちゃんと輝きが残ってた。部屋に戻ったら同室の患者さんも仰天しちゃって。「ほんとに吉野さん?」だって。

退院したら約束通り、きれいになった部屋でお茶を飲んだよ。羊羹も用意してね。

それからは、様子を見に行く前に電話をするようになったの。「煮物を持っていくから」「じゃあ鍵は開けておくよ」というやりとりをして、ドアの前で声を掛ければ明るい返事が返ってきた。

しばらくしたある日、電話しておいたのに呼んでも反応がないの。ノブを回しても開かない。郵便受けからのぞいてみるけど、わかるのはテレビの音だけ。

大家さんに合鍵を持ってきてもらった。藤松さんは中に居たよ。テレビに膝を向けて座ってね、上半身を前に折るようにして死んでた。お医者さんに診てもらったら、心臓まひだって。

（取材手帳より）

＊

少し前から和代の様子がおかしい。中学に入ってすぐ小さな村から転校してきた彼女は、高校3年生に上がりすっかり美しい女性に育っている。だが昔からのはつらつとした表情に、憂いが現れる瞬間があった。心配してそっと声を掛けると、弘子だけにと笑顔に隠した苦悩を打ち明けてくれた。

高校へ進みたいと親代わりの姉に言えずにいたあの時、姉の「旦那」が費用を負担してくれた。それからも姉と男の関係は破綻することなく、和代も学校に通い続けられた。男が体に触れてきたのは、2年生の終わりごろだったという。

出してやった金の代わりにと、男は和代の体を無理やり自分のものにした。狭い住まいで起こっていることを姉が知らないはずはない。だが男に生活費を頼っている弱みからか、姉は普段通りの振る舞いを崩さなかったそうだ。だからだろう。男は一度では済ませなかった。

和代は、次は今日か明日かとおびえながら教室を逃げ場にしているという。

「恥ずかしくてとても先生には言えない」

和代はうつむく。

弘子は、彼女を襲った災いに動揺していた。怒りも助けてあげたい気持ちも噴き出てくるが、どのような行動をすべきなのかわからない。ただこの出来事が知れ渡れば、彼女の傷がより深くなることは想像できた。秘密を守ると約束して一緒に泣く。それが友人の支えになると信じるしかなかった。

——東映京都撮影所。

弘子の悩みは遠くから届いた手紙だった。差出人は「喜多川千鶴《きたがわちづる》」と記されている。封筒を受け取った時、その名前を見て仰天した。東映の大看板である片岡千恵蔵とたびたび共演し、美空ひばりや中村錦之助の出る作品でもよく目にする女優だったからだ。弘子は恐る恐る封を切った。

——時代劇女優を目指して、まずは大部屋から始めてみませんか。

手紙には「写真を見るかぎりあなたは東映好みの容姿」とも添えてあった。

なぜ弘子の写真が彼女に渡ったのか、なぜ女優の道に誘われているのか、全く心当たりがない。母も誰かのいたずらだと思ったに違いない。手紙に顔をくっつけるようにして読んだ後で「冗談だろう」と笑った。

謎を抱えたまま時間が過ぎてゆく。ある日、たまたま出くわした一つ上の男の子に「京都から手紙は来たか」と尋ねられた。なぜ知っているのかと驚くと、彼は親戚に東映の女優が居るのだと明かした。

彼が口にした名は「北条喜久《ほうじょうきく》」、弘子より年が一つ下の新人女優だった。先だって彼女は、法事に参列するため母親に連れられてこちらにやって来たそうだ。その際、同席していた従兄弟、つまり彼に相談を持ち掛けてきたという。

「細くて小さい、時代劇に向いてそうな女の子を探してるの」

中村錦之助もそうだが、主役を張る俳優には身長のやや低い人が多い。相手役の女優が髪を結い下駄を履けば、横に並んだ時に頭の高さで負けてしまうので、見栄えのために女優側が膝を折ったり背中を丸めたりしているらしい。そんな問題に悩む東映が、山形へ出掛けるという喜久に人材探しを頼んでいたそうだ。

話を聞いた彼はすぐ「いい子が居る」と喜久に写真を手渡す。そこに弘子の姿が収まっていた。彼は参加してもいない修学旅行の写真を注文した上級生のうちの一人だったのだ。

喜久が京都に戻ると、彼女から写真を受け取った撮影所ですぐに反応があった。新人の発掘を担当する部署が、本人に連絡を取ろうと動く。その責任者が、女優を兼ねる喜多川千鶴だったというわけらしい。

いたずらでないことはわかったが、あまりに日常からかけ離れた話で現実とは思えない。それでいて胸が高鳴るのは、自分が女優になるという想像よりも、ずっと憧れてきた人に会えるかもしれないという期待からだった。

幼いころから心を奪われてきた美空ひばりが、撮影の合間にたわいない話をしているかもしれない。心の中で兄と慕う中村錦之助は、カメラに隠れてじっと台本をにらんでいるだろうか。

今すぐにでもその世界へ飛び込んでみたい。だが「冗談だろう」と笑った母の顔が脳裏をかすめて、弘子を日常に引き戻した。確かに話がうま過ぎる。これはこれで思い出のままにしておくのが一番なのかもしれない。

進路については、すでに母に考えがある。以前、担任から栄養士を目指して米沢市の短期大学を受験したらどうかと勧められたが、母は「大学はお金がかかる」と断っていた。弘子のことは山形市の専門学校へやって洋裁を習わせたいそうだ。

実際は経済的な障害などないはずだ。おトウさんは「学校へ行くための金ならいくらでも出す」と言っている。長らく大きな会社の東北支社長として稼いでいるのだから、本当に違いない。母の按摩も今では引く手あまただ。やはり金の都合よりも、父の遺言に従い「家庭科」で縫い物を覚えさせようとしたがかなわなかった、あの時の挫折が母の中でくすぶっているのだろう。

とにかく、母は撮影所からの手紙を喜ぶそぶりすら見せないし、近くで仕事があるたびにやって来るおトウさんも「勉強を頑張りなさい」と母の側に立つ。弘子はかすかな夢の香りを嗅ぐだけにして、この件を忘れることにした。

するとまた封筒が届いた。今度も東映京都撮影所からだ。差出人はやはり喜多川千鶴となっている。中身を取り出してまず注意を引かれたのはブロマイドだった。面長で凛々しい顔つきの女性が写っている。それは確かに、幾度となく映画館で目にしてきた彼女の姿だった。

美貌に重ねてペンで書かれたサインは、弘子を喜ばせるためというよりも、疑いを抱かせないためのものだろう。便箋を開くと書き出しにも、警戒を解こうとする言葉が連なっていた。

――高校を卒業したら、京都に来ませんか。

喜久に写真を見せられて、千鶴自身も弘子をいたく気に入ったらしい。彼女の言葉は、日常に帰ったはずの弘子の袖を引っ張った。

明くる日、成子にだけこっそり手紙を見せた。彼女は驚きか喜びか、ぱっと目を見開く。

「絶対に行くべきだよ」

今度は友人の手に背中を押された。

勧誘を受けている話はどこから漏れたのか、しばらくして学校全体に知れ渡ることとなった。

「角田さんって、すごい人だ」

冷ややかな視線に体を舐められる。

「卒業したら女優になるって、自分で言いふらしてるんだから」

言いふらした覚えなどない。だが女優になれるかもしれないのは事実だ。嫌みにもうわさ話にもこれまでさんざん苦しめられてきた。自転車のタイヤを切り裂かれ、靴にガラスくずを詰められた末に、走ってくる列車に飛び込もうとすらした。だがこの時は、たった1枚の手紙が分厚い壁として弘子を守ってくれた。

千鶴の文章を読み返すごとに、残り香だけになっていた弘子の夢は、輪郭が現れ、手触りと重さが加えられてゆく。憧れの人たちの色彩がぐっと鮮やかになった。

大部屋から始めるということは、同じく女優を目指す子たちとの合宿生活だろうか。スクリーンで輝くスターたちも、みんなそこから羽ばたいていったのだろうか。わたしは本当に、あの世界に住む一人になれるのかもしれない。しかも向こうから手を差し伸べてくれているのだ。

だが母は賛成しない。その現実が、弘子を守る壁よりもはるかに高い山として立ちはだかっていた。

弘子が家を出たら誰が母の目になる。誰が出掛ける母の手を握って、道を外れそうになれば注意し、ドブに架かる板を共に渡る。深い雪があぜ道の水路を隠した日には、落ちないように誰が母のそばに居るのだ。

――この子は死ぬまでお前を大事にする子だ。手放すな。

かつて母との離別を食い止めてくれた口寄せの言葉は、今や弘子から自由を奪う呪いに変わっていた。

「目の悪いお母さんを置いて、京都へは行けません」

未練を便箋に刻み付けるようにして返事を書いた。

落胆はひどく苦い。それを味わいながら、うわさ話だけが残る教室に戻った。

卒業すれば新しい環境で洋裁を学ぶことになる。母も、死んだ父もきっと安心するだろう。

ひと月ほどして、千鶴から返事が届いた。

――お母さんと住める所も用意します。

第15幕　母と子

母の按摩は今やすっかり街じゅうの評判だった。いや、街どころか赤湯へ訪れた政治家や歌手、俳優たちにも腕を買われているらしい。彼らは山形市や米沢市での仕事だとしても、夜は母の按摩を受けにわざわざ赤湯へやって来るほどだった。

指名の電話は長らく近所に取り次いでもらっていたが、弘子が小学生の時に戦没者遺族への弔慰金が国から支払われたので、それを使って自宅用の電話を設置していた。とはいえ母の目では、予定を細かく帳面に書き付けることができない。そこである時期から、弘子が窓口になって母の日程を管理していた。

その日、学校から帰ってきた弘子は、帳面で母が夜の何時に出発するかを確認した。次に、喜多川千鶴から届いた3通目の手紙に再び目を通す。千鶴は冒頭で、母から離れられないという弘子の事情に理解を示していた。だがその後に続く文章は、別れのあいさつではない。

――上の者に話をしました。

撮影所の近くに東映の寮があるそうだ。そこへ親子で移れるよう取り計らってくれるらしい。

――寮でお母さんと一緒に暮らしながら、女優を目指してみませんか。

便箋を持つ手に力が入る。しばらく止まっていた呼吸が再開されると、弘子の頬は緩み、唇は細かく震えた。

　母は茶の間に座っていた。隣の部屋とを仕切るふすまは開かれていて、奥の八畳間に敷かれた布団と、父と妹の位牌を祀る仏壇が見える。弘子は母に呼び掛けながら、そばに腰を下ろした。

　また京都から手紙が届いたと教えると、母は眉間にしわを作った。弘子は笑顔をこぼしながら座卓に便箋を広げる。母はそれに顔を近づけた。

「女優にならないかって。行ってみたいな」

「だめだ」

　母の返しは早かった。

「お前みたいにしっちゃかめっちゃかな顔で、なれるわけがない」

　弘子はこの手紙が来るに至った経緯をあらためて説明する。東映では小柄な女の子を探していること。写真を見て向こうから誘ってくれたこと。

「女優なんてばかなことを考えるな」

　検討するそぶりすら見せずに、母は吐き捨てた。

　弘子は深呼吸一つ分ほどの沈黙を挟んだ。膝の上で握られたこぶしは甲に筋を立てている。爪が手のひらの皮に食い込んだ。

「女優じゃなくてもいい」

　弘子の語気が荒くなる。こんなに鋭いとげが、弘子から母に向けられるのは初めてだった。

「事務でも小間使いでもいい。憧れの人のそばに居られればいいの」

今度は母が黙った。

弘子も唇を閉じて、手紙の文面に視線を落とす。束の間、焦点は文字から文字へ、行から行へとさまよった。

次に口を開いたのは、母ではなく弘子だった。

「二人で暮らせる部屋を用意してくれるんだって」

寄り添うような柔らかい口調に戻った。弘子は人さし指をそっと便箋に置く。

「一緒に行こう」

弘子の言葉は、二つの部屋がつながった広い空間でささやかに反響して吸い込まれた。

「絶対に行かない」

母は眉間のしわを消さなかった。

「栃木から疎開してきて、さんざんよそ者扱いされてひどい目に遭った。京都でまた同じ苦労をしたくない」

顔をそむけかたくなな母に、弘子は「わたしが一緒だから」と訴える。卓上の手紙が、父と妹の位牌が、それをただ黙って聞いていた。

「そんなに行きたいなら」

母の声がふいに野太くなる。怒号への助走だった。

「親子の縁を切れ。二度と会うことのないようにして出ていけ」

母は泣きわめき、弘子の願いを受け入れようとはしなかった。

二人が背と背を向かい合わせるまで、さほど時間はかからなかった。

弘子は仏壇のそばで布団を頭からかぶり、声を上げてひたすら涙を流す。

母は茶の間でうなだれたまま、重たいものを引きずるようなため息を何度も繰り返していた。


しばらくして、弘子宛にまた千鶴から手紙が届いた。

――あなたの気持ちはよくわかりました。そこでお母さんと生きるのも、大切なことですね。

やがて今年も烏帽子山が、街に桜色のかんざしを飾った。

＊

その後も事あるごとに、お母さんは恨み言っぽく漏らしてたよ。

「お前に京都へ行かれそうになった」

あの時は悪かった、なんて最後まで言わなかったな。

おトウさんとは長くてね。わたしが成人式を迎える時には、東京の髙島屋で仕立てた振袖を贈ってくれた。わたしが結婚してからは、おトウさんと夫とで温泉に行ったこともあるくらい。

「弘子に子どもが生まれたら、その時に別れよう」

お母さんとはそう約束してたみたい。もしその子に「この人は誰」って聞かれても答えられないからだって。わたしが息子を産んだら、本当にきれいさっぱり関係を断ったよ。どちらからも会いに行かないし、連絡も一切しない。

「私はお前に居てもらって幸せだった」

お母さんはわたしに言うのよ。そりゃあ自分はそうだよね。

死ぬ時は迷惑を掛けたくないっていつも話してた。まあ、死ぬなんて想像できないくらい元気な人だったけど。76歳の8月、夜中に下痢と腹痛で苦しみだして、結局、入院の7時間後にお別れをした。敗血症だって。

ちょうどそのころに、あるベテランの女優さんが亡くなったの。テレビでは毎日のように特集を組んで、その人がいかに素晴らしかったかって功績を振り返ってた。

同じ時代を生きたお母さんはどうなんだろう。

「ああ、あそこのばあちゃん死んだど」

世間からしたら、それでおしまいよ。その女優さんよりも苦労をしてきたかもしれないのに。何か悔しくなってね。

せめてわたしだけはお母さんの人生を忘れないでいよう。そう考えて、思い出を書き始めたの。

ただ、日中は孫の世話をしなきゃいけないでしょう。だからみんなが布団に入ってからね。

あとがき

自分への失望を味わい続ける本作りだった。

そもそも赤湯を題材に決めたのは、ある人から角田弘子さんの随筆集『遠花火』を紹介してもらったのがきっかけだ。２０２２年夏、前著『さよならデパート』を刊行して間もなくだった。

赤湯といえば全国的に有名なラーメン店を擁する町だ。山形県民でも、まずはそれを思い浮かべる人が多いだろう。だが弘子さんの記録した戦後の赤湯は、同じ土地の過去だとは信じられない顔を持っていた。

これを原作にしたい。母と子の物語を軸に悲喜さまざまな群像を描けば、郷土史や観光ガイドが目を背けた人たちの足跡をとどめることができるはずだ。その時点で『遠花火』が書かれてから20年が経っていたので、もしかしたら「今なら言える話」もあるかもしれない。

本人にお会いした。突然の申し出に弘子さんは快く応じてくださった。ご夫婦そろって話好きな方で『遠花火』には書かれていない裏話をいろいろと教えてくれた。しかも「今なら」表に出しても差し支えないという。

胸の内で燃え上がる好奇心を制御しながら、相槌と質問を繰り返した。街の物語はどんどん鮮明になってゆく。ある人の苦悩が、ある人の顛末が、ある人の死にざまが。

ところで私は、色街を差別した人間と何が違うのだろうか。

歴史の継承と言えば聞こえがいい。郷土史の補完と言えば大義名分が立つ。だが根本にあるのは、悲劇やなまめかしいものをのぞき見たいという欲求ではないか。

それに気付いた時、書けなくなった。弘子さんが本になるのを楽しみにしてくれているのを知りながら、私は本にする意義を見失い、作品に関わる一切を放置した。

程なく会社の事業が大きく傾いた。コロナ禍を機に、大きな転換を果たした人は多いだろう。私はそれにつまずいた人間だ。

胸に重たいものが埋め込まれたような感覚だった。気晴らしにと夜の散歩をした。擦れ違う車の前照灯をぼんやりと眺めながら、あれが突っ込んできてくれたら何も考えずに済むのになどと思っていた。真っ暗になった眼鏡店の前で、縁石に腰を落としてしばらくうなだれていた。

きれい事を言うのは嫌いなので、持ち直したのはただ時間の経過と、悩みの吐露に付き合ってくれた人と、少し忙しくなってきた仕事のおかげだと記しておく。だが私はあの夜を覚えている。縁石に尻をくっつけて、静かになった車道を眺めながら、幼い弘子さんが母と並んで歩く姿を想像した。あの街で生きていたら私は、こんなところで希望をなくしているだろうか。

2024年5月、弘子さんに謝罪の手紙を送った。貴重な時間を奪ったことを詫び、もう一度会って話を聞かせてほしいと伝えた。すぐに電話がかかってきた。

『色街アワー』。つらい時代を娯楽のように表した題名だ。人によっては軽薄と感じるだろう。私は自らの好奇心を嫌悪し、だがそれによって出会った物語に救われている。その皮肉に身を置いている今、この名しか与えられなかった。

こつこつと随想を書き綴ってきた角田さんに敬意を表します。「キング」の窓からお菓子を投げてちょとした優越感に浸る、どうしようもなく人間らしい「弘子ちゃん」を見て、私はこの本を作ろうと決めました。

そして本作を読んでくださった皆様、ぜひ赤湯に出掛けてみてください。かつての人々を風景に重ねながら、今にたどり着いた街の生命力を感じてみてください。そうしての散策は、浸かる温泉は、飲むお酒は、心動かされる体験になると約束します。

２０２４年11月6日　渡辺大輔

主な参考文献

・書籍

角田弘子『遠花火』（２００２）
角田弘子『花灯り』（２００７）
角田弘子『踊り子』（２０１０）
角田弘子『花見と迷子』（２０２２）
岩下尚史『芸者論』（２００９）分春文庫
大野六弥『ドキュメントやまがた』（１９９９）みちのく書房
金坂清則『完訳　日本奥地紀行２』（２０１２）平凡社
小林貢『赤湯温泉誌』（１８９２）須佐権平
田中優子『芸者と遊び』（２００７）学研新書
長井政太郎『赤湯町史』（１９６８）赤湯町史編さん委員会
南陽市史編さん委員会『南陽市史　下巻』（１９９２）南陽市
南陽市史編さん委員会『南陽市史編集資料　第24号』（１９９４）南陽市教育委員会
宮内文化史研究会『宮内文化史資料　第14集』（１９６６）宮内文化史研究会
山形放送報道部『山形・戦没兵士の手紙』（１９８１）山形放送
山本弘文『交通・運輸の発達と技術革新——歴史的考察——』（１９８６）国際連合大学
米沢市史編さん委員会『米沢市史　第５巻　現代編』（１９９６）米沢市

・雑誌
『少女　創刊号』（１９４９）光文社
『少女ブック　創刊号』（１９５１）集英社

・論文等
倉橋正直「従軍慰安婦の二つのタイプ」『現代中国　第67号』（１９９３）日本現代中国学会
中岡志保『花柳界における芸者の変容』（２０１２）
若林晃央『地方都市における芸妓文化の現状と課題』（２０１５）

このほか『山形新聞』『米沢新聞』などの新聞記事を参照しました。この場を借りてお礼申し上げます。

色街アワー

著者　渡辺大輔
原作者　角田弘子
発行者　渡辺大輔
発行所　スコップ出版
所在地　〒990－0032
山形県山形市小姓町8－29車装館3号103号
TEL　023－665－4290
（合同会社傑作屋　出版部）
印刷所　モリモト印刷株式会社
定価はカバーに表示してあります。

2024年12月4日　第1刷発行

ISBN978-4-910800-01-1